1846. Feuilles 1–9.

21895

LA

BIBLIOTHÈQUE ROSE

DES DEMOISELLES,

Histoires, Contes, Nouvelles, Voyages, etc.,

PAR LES PREMIERS AUTEURS ANCIENS ET MODERNES,

A L'USAGE DES JEUNES PERSONNES.

PARIS,
AU BUREAU DE LA REVUE DES DEMOISELLES
RUE CHOISEUL, 8

—

1846

Paris. — Imprimerie de BOULÉ, rue Coq-Héron, 3.

LES SOEURS DE LAIT.

On était en 1825 ; tout était joie et bonheur au château de Grisailles, situé à quelques lieues de Tours : Jacqueline, la fermière, allait se marier.

Les violons étaient commandés, — le bal allait avoir lieu, et Roger, le futur, avait déjà attaché à son habit neuf le nœud de rubans traditionnel.

Dans cette allégresse générale une seule personne était triste, pensive, froide devant toute émotion : elle se nommait Élodie.

Comme l'héroïne du vicomte d'Arlincourt, elle avait un visage charmant, des yeux d'ange, un esprit cultivé et une âme ardente et sensible. Élodie avait été élevée au château de Grisailles, car elle avait été trouvée dans un bosquet de fleurs sauvages par les seigneurs de Grisailles qui l'avaient adoptée.

Depuis on avait fait vingt fois les recherches les plus actives pour retrouver les auteurs de ses jours ; on avait interrogé les paysans, examiné les listes de voyageurs qui avaient parcouru le pays à l'époque de sa naissance ; aucune lumière n'avait éclairé les ténèbres de son origine.

La beauté d'Élodie la fit aimer enfant, mais sa bonté et son vif et généreux esprit la firent adorer quand elle fut grande. Les seigneurs de Grisailles moururent en bénissant ses soins et en la confiant à leur fils, le comte Hector.

Celui-ci aimait depuis long-temps l'orpheline. Son âme, accessible aux grands sentimens, s'ouvrit à cette affection pure. — Quand il fut seul au monde, il dit à Élodie :

— Voulez-vous être ma femme ?

— Moi ? répondit-elle en rougissant.

— Oui, je vous offre ma main.

— Jamais ! s'écria-t-elle ; vos illustres parens vous ont défendu toute mésalliance. Je vénère trop leur mémoire pour vouloir, au prix même de mon bonheur, enfreindre leurs dernières volontés.

Et Élodie, depuis ce jour, évita le comte ; elle se retira dans une aile du château, n'ayant pour compagne que Jacqueline, qui était sa sœur de lait.

Elle se préparait au couvent.

— Roger, dit Jacqueline à son futur, Mlle Élodie est bien malheureuse.

— Peut-être, répondit Roger, notre bonheur fera-t-il le sien.

— Que veux-tu dire ?

— Plus tard tu le sauras ; dès que le prêtre aura béni notre union tu me mèneras près d'elle. Sans avoir de certitude, j'ai d'heureux soupçons.

Or, le mariage s'étant célébré le lendemain, Jacqueline conduisit Roger près d'Élodie, pensive et solitaire.

— Mademoiselle, lui dit-elle, voici *mon mari* qui veut vous parler.

— A moi ?

— Oui, dit Roger ; mon père, en mourant, m'a confié un paquet cacheté que je ne devais ouvrir que le jour de mon mariage.

— Et ce paquet ?

— Je viens de l'ouvrir, et voici ce qu'il contient :

« Mlle Élodie est la fille du marquis de Belathiez, obligé de quitter la France avec sa femme pour échapper à la mort. — Dans leur fuite, ils ne pouvaient emporter leur enfant ; ils l'ont laissé à la porte du château de Grisailles, habité par des gentilshommes au cœur franc et noble. Dieu veillera sur l'innocence.

» S'il arrivait que le marquis et sa femme ne dussent pas revenir, le vieux Roger, qui doit surveiller l'enfant, attendrait sa vingt-unième année pour lui révéler le lieu où est cachée la fortune qui lui appartient et l'arbre généalogique de sa famille.

» Si Roger meurt avant la vingt-unième année de la jeune fille, il écrira ces instructions, les cachetera avec soin, les remettra à son fils en lui faisant jurer sur l'Évangile de ne l'ouvrir que le jour de son mariage. — Cette disposition a pour but que le fils Roger ne sache quelle est la fortune d'Élodie que lorsque, marié lui-même, il ne pourra plus aspirer à sa main pour s'en rendre maître.

» Les sommes composant le patrimoine de Mlle Élodie de Belathiez sont, ainsi que sa généalogie, déposées sous le maître-autel de la chapelle de l'ancien château.

» ILDEFONSE DE BELATHIEZ,
» marquis et grand' croix de Saint-Louis. »

Après avoir lu cet écrit, Élodie se sentit suffoquée de bonheur.

A ses côtés était accouru le comte Hector, palpitant d'espérance.

— Chère et noble demoiselle, maintenant que le ciel vous a rendu les honneurs de la naissance, consentirez-vous à être l'ange de ma vie?

Élodie lui tendit sa blanche main qu'il embrassa.

— Vous voyez bien, petite sœur de lait, dit Jacqueline en passant son bras sur le visage frais et naïf de Roger, vous voyez bien que mon mariage vous a porté bonheur.

LADY LEA SEPSEL.

DE L'OEUVRE DES PRISONS

ET DE L'OUVROIR DE VAUGIRARD.

La charité ne cherche pas seulement à soulager les misères matérielles du pauvre, elle veut encore en prévenir les causes, et c'est pour atteindre ce but que l'œuvre des prisons s'efforce, par de pieux enseignemens et une active prévoyance, de remédier à des maux dont la société gémit, et d'en prévenir autant que possible le retour. La triste étude du cœur humain à laquelle les dames de l'œuvre ont dû s'appliquer leur a montré des générations entières livrées au dérèglement et au vice; elles ont trouvé de jeunes filles que le goût de la coquetterie, l'habitude de la paresse avaient conduites d'abîmes en abîmes ; elles en ont rencontré qui avaient lutté contre de perfides conseils, de dangereux entraînemens, mais qui, fatiguées de la lutte, affaiblies par la misère, avaient succombé avec honte et désespoir ; elles ont vu de pauvres enfans que l'exemple de leurs parens avait corrompues avant l'âge où le mal peut avoir de l'attrait ; enfin elles ont dû se presser pour sauver à temps celles que le souffle empoisonné du vice n'avait pas encore atteintes.

Préparer des retraites pour ces diverses catégories de victimes, telle est la pensée de l'œuvre des prisons ; tel est le but vers lequel tendent ses efforts et ses sacrifices. Déjà une œuvre fondée par saint Vincent de Paule, et rétablie par l'abbé Legris-Duval, avait ouvert un asile pour ces âmes dont le repentir est en proportion de la faute, et qui cherchent derrière les murs d'un cloître et dans les habitudes d'une vie pénitente l'expiation et le pardon de leurs péchés. Nouvelles Madeleines, elles acceptent avec joie le travail et les austérités ; le calme de leur conscience, l'affection que leur portent les religieuses qui se disent leurs mères, suffisent à leur bonheur ; elles vivent en paix sous le toit hospitalier qui protège leur faiblesse, et si quelque circonstance les oblige de le quitter, le temps qu'elles y ont passé reste dans leur esprit comme un temps de grâces et de consolations. Cette œuvre, sous la dénomination du bon Pasteur de Mme de Vignolles, reçoit en ce moment de nouveaux développemens ; la Providence a veillé sur le dépôt qui lui a été confié.

A côté de ce pieux établissement, il s'en est élevé un autre qui compte déjà par centaines le nombre des jeunes filles au dessous de seize ans arrachées au dangereux contact des prisons. Confiées par Mmes les présidentes de l'œuvre aux soins de bonnes et saintes religieuses, ces enfans, orphelines ou délaissées, ont retrouvé des protectrices dans chacune des dames qui se sont faites leurs patronesses ; au lieu du triste apprentissage auquel les avaient livrées l'abandon et les mauvais exemples, elles ne reçoivent plus que les douces inspirations d'une piété éclairée ; on leur apprend à aimer le travail, à pratiquer les vertus chrétiennes ; et lorsqu'elles rentreront dans la société, elles y rentreront sous l'appui tutélaire des dames qui les ont adoptées.

Mais la prison de Saint-Lazare offrait encore d'autres infortunes à

soulager ; la section la plus nombreuse, celle des jugées et des préve-
nues, présentait à l'œuvre de nouveaux motifs de multiplier ses établissemens. Il fallait aussi un refuge pour ces âmes tièdes qui reculent
devant la pensée de rentrer dans une vie de désordres, mais qu'ef-
fraient les mots couvent et pénitence. Et cependant qui les soustraira
aux dangers de la misère et des mauvaises relations? Qui les recevra
au seuil de la prison pour leur fournir de l'ouvrage et des moyens
d'existence? Ce sera encore l'œuvre des prisons, qui, avec une persévérance que les difficultés n'ont point ébranlée, offrira à toutes ces
malheureuses femmes, si sensibles au bien-être matériel et à l'appât
du gain, un vaste établissement où, moyennant une faible rétribution
de 85 centimes par jour, elles jouiront des avantages que donnent
un travail régulier, la pureté des mœurs et l'estime de soi-même. Là
elles peuvent se préparer des ressources d'avenir, que rend impossibles
aux plus laborieuses le bas prix des ouvrages ; là surtout elles appren-
dront quelles sont les vertus que réclame leur position, et cet ensei-
gnement quotidien, en réformant leurs mœurs et adoucissant leur caractère, les préparera à rentrer dans la société, soutenues par de puissantes protections, et fortifiées par de longues habitudes de régularité.
Et ce n'est pas seulement à la population de Saint-Lazare que s'adresse
la charité de l'œuvre, elle sait que les prisons ne sont pas les seuls
lieux où gémissent les victimes de la séduction et de l'immoralité ; les
mêmes misères, on les retrouve à la porte des hôpitaux, ou dans les
tristes réduits des maisons garnies ; et voulant marcher sur les traces
de celui qui a dit : « Venez à moi, vous tous qui êtes fatigués et chargés, venez, je vous soulagerai, » elle a répandu la bonne nouvelle
qu'une maison était préparée pour la faiblesse, la misère et le repentir, et que les portes en étaient ouvertes à toutes les âmes de bonne
volonté.

Ce généreux appel a été entendu, et bientôt il a fallu étendre encore
à d'autres infortunes les bienfaits d'une œuvre si généralement ap-
préciée.

Une classe de préservation a été ouverte pour de pauvres enfans innocentes, que l'immoralité de leurs mères exposait à une perversité
précoce.

Parmi ces enfans que recueille la charité compatissante de l'œuvre,
se trouvent aussi des jeunes filles dont la position exceptionnelle ex-

cite le plus touchant intérêt. L'une d'elles, privée de sa mère qui l'avait élevée chrétiennement, a été amenée à Paris par un père assez imprudent pour l'exposer, elle, pauvre enfant de quatorze ans, dans un garni d'ouvriers, où pas une femme n'aurait pu répondre à ses cris d'alarme. Une autre orpheline de seize ans a dû se soustraire par la fuite au danger que lui offrait la maison des protecteurs qui l'avaient élevée. Cachée dans un grenier pendant plus de quinze jours, l'instinct de la vertu, une piété sincère qui ne s'est point démentie, lui ont fait braver toutes les difficultés de sa position, jusqu'au moment où la Providence, venant à son secours, l'a mise sous la garde tutélaire de cette œuvre fondée pour des misères semblables à la sienne.

Ce sera donc une bonne œuvre que d'associer ses efforts à ceux des dames des prisons pour diriger sur la maison hospitalière de Vaugirard les jeunes filles en danger de se perdre. Ce sera également une bonne œuvre que d'augmenter les ressources matérielles d'un établissement qui non seulement accueille et donne de l'ouvrage à l'ouvrière qui en manquerait, mais qui vient encore au secours des jeunes filles dont l'incapacité au travail a causé la ruine. Et afin que les bonnes ouvrières n'aient point à souffrir pour celles qui sont moins habiles, les premières reçoivent intégralement la totalité de leur gain, tandis que le déficit causé par les autres est supporté par l'œuvre, qui met encore au nombre de ses dépenses la surveillance, le chauffage, blanchissage, éclairage, etc., la nourriture et le loyer étant seuls couverts par les 85 c. Cet établissement compte déjà deux années d'existence, et il a reçu plus de deux cents personnes ; un nombre assez considérable a été placé ; la maison contient en ce moment quarante quatre ouvrières, toutes animées des meilleurs sentimens.

En créant la colonie de Mettray, M. Demetz a voulu marcher vers le même but ; son œuvre a été accueillie avec tout l'enthousiasme qu'elle méritait. Celle dont nous proclamons aujourd'hui l'utilité ne lui est pas inférieure en mérites, et s'il est permis de le dire, elle remédie à des maux plus grands encore. L'immoralité des femmes exerce une influence plus fâcheuse que celle des hommes : elle se communique plus rapidement, elle est entretenue par des causes plus diverses. Les ateliers ont toujours été considérés pour elles comme des lieux de corruption ; exploités au profit d'une industrie particulière, la question morale est sacrifiée à l'intérêt du gain ; il appartient

à la charité publique de mettre en concurrence des établissemens fondés sur d'autres bases, et qui, offrant les mêmes avantages sans présenter les mêmes inconvéniens, deviennent des lieux d'édification et d'émulation pour le travail. En s'associant à cette œuvre, on aura contribué à arrêter dans son cours le progrès du mal, on aura chargé sur ses épaules la brebis égarée.

Peut-être objectera-t-on que les autres œuvres ont plus d'attrait, et que c'est retenir à l'homme honnête et malheureux une part de l'aumône qui lui était destinée, pour l'exposer aux chances toujours incertaines des œuvres de refuge. Sans chercher à établir des parallèles entre des misères toutes dignes d'intérêt, nous ne répondrons que par les paroles et par l'exemple de Notre-Seigneur, qui a voulu que l'Evangile témoignât du prix qu'il attachait au salut d'une âme, et qui a donné sa vie pour les pécheurs.

MADAME VIRGINIE COUSIN.

LES FEMMES CÉLÈBRES DE CAEN.

Rien de moins précis et de plus incertain que l'origine de Caen; les uns lui donnent pour fondateurs les Romains, les autres les Gaulois, ceux-ci les Saxons et ceux-là les Normands. Un historien du moyen-âge, grand chercheur d'origines, veut que Caen ait été fondé par Caius, maître-d'hôtel du grand roi Artus, et un autre écrivain de 1706, grand logicien du temps, assure que toutes ces opinions diverses sont autant d'impertinences, et que, quant à lui, il tient la ville de Caen pour l'œuvre du hasard et se soucie peu du reste; d'où il est facile de conclure hardiment, avec l'aide des lumières de notre siècle, qu'on ne sait absolument rien de positif à cet égard. Mais que ce soit ou non le maître-d'hôtel du roi Artus, ou son grand échanson qui ait fondé la ville de Caen; que ce soit son apothicaire ou même encore son barbier, peu importe, comme dit l'écrivain de 1706, qui était un homme de grand sens; toujours est-il certain qu'en 945 Caen était au nombre des plus importantes villes du pays, et que vers le milieu du treizième siècle elle était si belle et si peuplée qu'elle pouvait marcher de pair avec la cité-capitale de la France. Guillaume le-Conqué-

rant la fortifia et l'embellit d'un château fort qu'il habitait souvent.
Son fils, Henri Ier, et son petit-fils, Henri II, rois d'Angleterre, l'a-
grandirent après lui ; et plus tard, Louis XII, François Ier et Henri III.
Ses vingt tours, ses nombreux bastions et ses remparts firent autrefois de cette ville une des plus fortes de France. De ses neuf églises,
Saint-Étienne et Saint-Pierre sont les plus remarquables par leur
architecture. La première, réparée à diverses reprises à cause
des dévastations qu'elle a souffertes en 1562 par les protestans, et en
1793 par les anarchistes, renferme le tombeau de Guillaume-le-Conquérant. La seconde, qui fut jadis la plus riche en priviléges, est cu-
rieuse principalement pour sa tour pyramidale, modèle de grâce, de
légèreté et en même temps de solidité, car depuis l'année 1300 où
elle a été construite, le temps n'y a fait aucun ravage. Cette flèche, de
forme octogone et haute de deux cent vingt pieds, est percée de qua-
rante-huit grandes ouvertures en forme d'étoiles.

Aux riches et puissantes abbayes, aux nombreux couvens d'hommes
et de femmes que possédait cette ville, ont succédé les établissemens
utiles, les institutions philantropiques, les sociétés savantes et littéraires L'Académie des sciences et belles-lettres est renommée entre celles-là, et l'historien de 1706, qui raisonne très profondément des causes et des effets, ne manque pas d'en parler longuement, et il s'expli-
que sur sa fondation d'une manière non moins satisfaisante que sur
celle de la ville : « Comme les honnêtes gens sans emploi, dit-il, ont
ordinairement la louable coutume de s'assembler en un endroit quel-
conque de la ville qu'ils habitent, afin de parler à leur aise des affaires
publiques et de toutes autres choses intéressantes pour eux, ceux de
Caen s'assemblèrent donc par un beau jour dans un certain endroit
appelé le carrefour de Saint-Pierre ; et le lundi étant le jour de poste,
par conséquent celui de l'arrivée des lettres et de la gazette, le lundi
devint le jour académique. »

C'est ainsi que de l'ennui des honnêtes gens désœuvrés naquit l'Académie de Caen, et que de liseurs de gazettes et de conteurs de nouvelles on fit des académiciens ; et voilà pourtant comme arrivent les
grands hommes et les grandes choses. C'est un observateur d'une
étonnante logique et d'un habile discernement que l'écrivain de 1706 !

Deux abbayes eurent jadis une grande célébrité : celle de Saint-
Étienne et celle de la Trinité. Guillaume-le-Conquérant, alors qu'il

n'était encore que duc de Normandie, avait violé un peu audacieusement les défenses de l'Eglise en épousant sa parente, Mathilde, fille du
comte de Flandre ; aussi le pape Nicolas II, armé de toutes ses fou-
dres, avait-il menacé de dissoudre le mariage. Mais comme d'un côté
Guillaume, amoureux et obstiné comme un Normand, eût peut-être
bravé la colère du pontife et consenti à perdre pour la belle Mathilde
sa part de paradis, scandale dont le pape Nicolas ne jugeait point à propos de courir le risque ; que, de l'autre, le duc de Normandie, quelque amoureux et entêté qu'il fût, préférait l'amitié du successeur de
saint Pierre à sa colère, de part et d'autre ont fit des concessions, et
les dispenses nécessaires au mariage furent accordées aux deux époux
sous la condition qu'ils fonderaient chacun une abbaye ; or le duc
Guillaume fonda celle de Saint-Étienne, et la duchesse Mathilde celle
de la Trinité.

Le bon duc Guillaume avait même, dans sa pieuse prévoyance, attaché à cette dernière abbaye de saintes filles quatre chanoines spécia-
lement chargés de leur fournir tous les secours spirituels et tous les
conseils nécessaires dans les affaires temporelles. Ces quatre chanoines
avaient fort à faire, comme on peut penser ; aussi faisaient-ils de leur
mieux, vraiment : mais ce monde de corruption a cela de terrible,
que les plus saintes choses elles-mêmes tournent à mal trop souvent ;
c'est ce qui fit que les œuvres des chanoines se corrompirent, et, partant, celles des saintes filles. qui ne se guidaient que par leurs conseils,
ainsi que l'avait voulu le duc Guillaume. Pour comble de malheur,
survinrent les vanités et l'orgueil monacal avec ses prétentions, ses
querelles et ses misères, et dès lors le désordre et le scandale banni-
rent la sainte paix de la maison du Seigneur. On raconte que le démon du luxe et de la parure s'était tellement emparé, non seulement
des religieuses, mais encore des chanoines et de tous les moines de
Caen, qu'il s'en opéra une révolution inouie dans les capuchons qui,
de modérés qu'ils avaient été jusque-là, devinrent tout à coup si into-
lérablement pointus, si audacieusement longs et effilés, qu'ils pouvaient passer pour des cornes. Cette innovation parut choquante d'a-
bord ; on écrivit là-dessus des volumes et de nombreux discours aca-
démiques qui ne changèrent rien aux capuchons cornus ; et de là vient
le nom de *Cornetiers* qui, depuis ce moment, fut donné aux chanoines directeurs des filles de la Trinité. L'abus, une fois introduit dans

le capuchon, se glissa partout : de la forme ou fond il n'y a qu'un pas à faire ; aussi tout alla-t-il bientôt de mal en pis, et ces capuchons cornus ne furent que le prélude à une suite de maux innombrables. Ces Cornetiers étaient devenus si despotes et si arrogans, et le joug de leur autorité si insupportable et si pesant, que les religieuses s'en alarmèrent et se révoltèrent ; les chanoines, d'ailleurs, s'étaient faits vieux ; l'insurrection n'eut plus de bornes, et Mme de Mailly, leur abbesse, osa porter plainte au pape Paul III et à François 1er. Enfin, après un procès assez long, il fut décidé que les *Cornetiers* des dames de la Trinité cesseraient à l'avenir d'être inamovibles, et que dérénavant elles auraient le droit, quand elles le jugeaient à propos, de se nommer de nouveaux Cornetiers.

Cette abbaye de la Trinité et plusieurs autres communautés religieuses ont compté un grand nombre de femmes célèbres par leurs vertus ainsi que par leur instruction et leur mérite littéraire.

On distingue parmi elles Jourdaine Bernières, qui consacra toute sa fortune aux Ursulines qu'elle fonda et dont elle fut abbesse.

Gillonne-Huet, femme douée d'une âme élevée, d'un esprit pénétrant et solide, d'un amour extrême de l'étude et d'une mémoire si prodigieuse qu'il lui arrivait souvent de répéter avec la plus minutieuse exactitude tel discours ou tel sermon qu'elle n'avait entendu qu'une seule fois. Une dévotion outrée et mal comprise lui fit malheureusement méconnaître les dons qu'elle avait reçus du ciel pour l'ornement du monde. Aux goûts les plus aimables, aux penchans les plus tendres même, elle opposait sans cesse volontairement les privations, les pénitences rigoureuses, les jeûnes, les supplices, se privant même des alimens les plus indispensables. Ce funeste calcul pour obtenir le ciel, cette déplorable monomanie religieuse, cet horrible système de mutilation pour plaire à un Dieu qui lui-même est tout amour, détruisit rapidement en elle et beauté et jeunesse. En peu de temps elle s'affaiblit et se dessécha à un tel point que sa peau, excessivement belle jusque-là, devint noire et tendue, et que son estomac perdit toute possibilité de digérer. Quels que fussent les efforts de sa famille pour la sauver, elle périt à l'âge de vingt-six ans, bonne, spirituelle, modeste, instruite, aimable encore en dépit de ses horribles macérations.

Laurence Gigaut de Bellefont, abbesse des Bénédictines, fut célèbre aussi par son esprit, son érudition et sa connaissance profonde de la langue latine et de tous les auteurs anciens; elle était de plus poète, et elle a laissé plusieurs productions remarquables.

Marie-Léonor de Rohan, autre abbesse de la même communauté, outre un esprit brillant et orné, possédait une éloquence bien rare parmi les femmes, chez lesquelles ce talent, comme tant d'autres, n'est point assez cultivé. Elle a paraphrasé la plupart des psaumes de David et plusieurs livres de Salomon. De son temps, les portraits étaient fort à la mode : elle en a écrit un grand nombre qui sont remarquables par leur vérité et leur finesse d'observation. Tel était le charme de son éloquence, que chaque fois qu'il y avait au couvent des Bénédictines une prise d'habit, on y allait en foule tout exprès pour entendre le discours qu'elle prononçait à cette occasion.

Jacqueline Bouette de Blémur, religieuse de la Trinité, parvenue, à l'âge de seize ans, par sa raison précoce et son esprit distingué, aux premiers emplois du monastère, est l'auteur de plusieurs ouvrages dans lesquels elle a déployé une capacité et une érudition qui eussent fait honneur à bien des hommes. On cite particulièrement, parmi ses ouvrages, l'*Année bénédictine*, le *Ménologe historique*, la *Légende des Saints* et les *Grandeurs de la Mère de Dieu*. Toutes ces œuvres, qui sont dans l'esprit du temps, furent hautement estimées alors.

On voit que dans ces siècles reculés, où les lumières étaient encore si rares et si faibles, ce n'était, parmi les femmes comme parmi les hommes, que dans les cloîtres que brillaient de temps à autre l'instruction et le mérite littéraire, parce que là seulement se faisaient des études régulières et suivies. Beaucoup d'autres femmes d'entre celles dévouées à la vie religieuse se sont rendues également célèbres par leurs écrits pleins d'érudition, de sagesse et de saine philosophie. Ainsi, toutes les fois que les femmes ont pu se livrer à la méditation et à l'étude, toutes les fois qu'elles ont pu exercer avec quelque liberté leurs facultés intellectuelles et secouer les chaînes de l'esclavage moral, elles l'ont fait avec tout le succès que pouvaient leur laisser espérer les influences de siècles empoisonnés d'erreurs.

Les femmes ne sont pas plus faites pour l'ignorance et les préjugés que les hommes ; comme eux elles ont besoin des nobles travaux de l'esprit et du libre exercice de la pensée ; aussi, partout où les lumières se sont montrées aux regards de leur intelligence, elles ont marché avec ardeur vers ce but toutes les fois que les hommes ne se sont pas placés entre elles et les clartés qu'entrevoyait leur âme. Jadis l'instruction n'appartenait, comme on sait, qu'à un très petit nombre de gens privilégiés ; il n'y avait même parmi eux que très peu d'hommes qui en possédassent assez pour parvenir, après beaucoup d'efforts, au rang d'hommes de lettres. Or, si ces lumières n'arrivaient aux hommes eux-mêmes que si difficilement, à plus forte raison les femmes, toujours placées en arrière, ne les obtenaient-elles que par échappées. Ce n'étaient que des éclairs saisis de loin comme au passage, et on ne devait en attendre que de bien faibles résultats. Quels qu'ils fussent, ils furent grands pour le peu qui leur était accordé ; ils furent immenses, proportions gardées, contre ceux des hommes, eux, si hautement favorisés, eux riches de tant de priviléges, de tant de ressources !

On s'étonne beaucoup depuis quelque temps du nombre considérable de femmes qui raisonnent, qui écrivent et qui réclament. Et pourquoi s'en étonner davantage que de cette fourmillante population d'hommes qui publient, qui se vantent, qui se plaignent et qui prétendent ? Cette fécondité d'esprit est la conséquence naturelle des progrès faits d'une part et de l'autre ! et toutes ces discussions querelleuses, chicaneuses que certains hommes s'amusent à jeter au milieu des progrès des femmes comme pour embarrasser le chemin et effrayer les timides, sont de grandes oisivetés, à mon avis.

Et pour Dieu ! laissez faire, messieurs, et n'ayez point peur ; tout va pour le bien de chacun et pour le bien de tous. Par une irrévocable loi du ciel, partout nous devons vous suivre ; or, nous montons avec vous, et nous continuerons à monter, soit que vous le vouliez, soit que vous ne le vouliez pas, et cela pour vous appartenir de plus près, pour être votre moitié plus réelle et plus intime. Croyez une fois à cette vérité.

Mais l'espèce humaine est une si étrange espèce ! Sans l'aimant indestructible qui attire sans cesse l'une vers l'autre ses deux moitiés, sans l'étonnante puissance d'attraction qui les poussent souvent en dépit d'elles-mêmes à ne former qu'un même tout, il y a entre elles tant de petits élémens de divisions, tant de prétentions réciproques, tant de susceptibilités vétillardes, de jalousies, d'envies et de centaines d'autres misères, que je ne répondrais pas que ces deux moitiés de l'espèce humaine ne se fussent entre-dévorées depuis long-temps déjà, comme il arriva de le faire à ces deux créatures emplumées dont, après un combat acharné, il ne resta plus que les deux becs sur le champ de bataille.

D'où je conclus que le ciel a bien fait ce qu'il a fait, et que je rends grâce à sa sagesse qui n'a pas permis que nous pussions nous entre-manger jusqu'à ce point.

MADAME ALEX. ARAGON.

Les Pensées de la Reine Christine.

Christine, reine de Suède, fille du grand Gustave-Adolphe (*le Lion-du-Nord*, comme on l'appelait), est célèbre en France et en Europe à divers titres. Son abdication, ses voyages, la catastrophe non encore bien expliquée de Monaldeschi (catastrophe en tout cas si mal jugée dans l'intérêt de la reine, qui s'était formellement réservé sur ses gens, au moment de son abdication, un *droit* de vie et de mort, accepté par eux), tout a contribué à donner chez nous, à cette femme illustre, une réputation que le temps n'a point encore affaiblie.

En dehors des événemens politiques, Christine, par son goût pour les arts, les antiquités, la littérature, ainsi que par divers ouvrages qu'elle a laissés, mérite également de fixer l'attention des historiens. Elle avait formé une collection de plus de 2,000 manuscrits, un musée de médailles, et une galerie de tableaux si remarquable, qu'en 1722 le régent de France en acheta une partie pour la somme de 90,000 livres. Quant à ses ouvrages, ils se composent des *Mémoires de sa vie, dédiés à Dieu*; — de *Réflexions sur la vie et les actions d'Alexandre*; — de quelques pastorales italiennes, parmi lesquelles l'*Endymione*; — de plusieurs récits de fêtes; d'un nombre considérable de lettres publiques ou particulières, et enfin de *ses Pensées*, ou l'*Ouvrage de loisir*.

La flatterie n'est pas si dangereuse qu'on s'imagine : au lieu de donner de la vanité, elle fait honte.

On ne doit rien souffrir dans le cœur qui luy face honte.

La vie ressemble à une symphonie qui charme et qui plaist, mais qui dure trop peu.

Les grandeurs sont comme les parfums ; ceux qui les portent ne les sentent pas.

On est plus sensible aux maux de ce monde qu'à ses biens.

On peut jouir sans scrupule de tout ce qui est permis, et on doit se passer sans douleur de ce qui ne l'est pas.

Si l'on connaissait le devoir des princes, personne ne voudrait l'être.

Les plus grandes bagatelles sont des affaires et les plus grandes affaires sont des bagatelles.

L'art de se venger est peu connu.

Le plus grand plaisir que l'élévation donne est celuy de faire du bien.

Les princes ressemblent à ces tigres et à ces lions auxquels leur meneur fait faire cent tours et mille jeux. A les voir, il semble qu'ils leur soyent entièrement soumis. Cependant, quand il y pense le moins, un coup de patte le jette là, et fait voir qu'on n'apprivoise jamais ces sortes d'animaux.

Se résigner aveuglément en Dieu pour le temps et pour l'éternité, est l'acte le plus héroïque que puisse produire une pauvre créature.

Quand on est catholique, on a la consolation de croire ce qu'ont creu les plus grands génies qui ont vescu depuis dix-sept siècles. On est si heureux de se trouver d'une religion authorisée par des millions de miracles, pour laquelle des millions de martyrs ont sacrifié leur sang et leur vie. Il faut pleindre ceux qui ne se rendent pas à des véritez avérées.

Il n'est pas étonnant qu'il y ait des juifs et des turcs ; mais de voir des chrétiens qui ne sont pas catholiques me paraît étrange.

La vertu n'a point d'habit ni de couleur propre ; elle n'affecte pas d'extérieur qui la distingue.

Il en est des bienfaits comme des grains : il faut les jeter avec profusion et au hasard.

Il faut estre plus avare de son temps que de son argent.

L'avarice du temps ne déshonore pas.

Le grand secret de la vie est de se proposer un digne but et de ne le perdre jamais de veue.

pauvres; elle distribua les aumônes les plus abondantes, et comme les infirmes ne pouvaient gravir le rocher escarpé au haut duquel était bâti le château de Marpurg qu'elle habitait, elle fit construire dans la vallée un hôpital où tous les malades furent réunis. La princesse y allait elle-même les servir, et elle choisissait de préférence les offices les plus humilians et les plus pénibles à la nature. Quelle consolation pour des indigens de voir la fille d'un roi, épouse d'un des principaux princes de l'Allemagne, devenir leur servante! De quelle dignité est alors revêtue la misère, et qui peut rougir d'être obligé d'avoir recours à la magnificence de cette charité royale! La religion est surtout jalouse de conserver dans l'homme le sentiment de sa véritable grandeur; elle rend une espèce de culte au pauvre, parce que la dépendance où il est de ses semblables tendrait à le dégrader, et le vice ne coûte plus à celui qui a cessé de s'estimer lui-même. Afin donc de le relever à ses propres yeux, elle semble ne jamais craindre de lt ntémoigner trop de respect en lui offrant l'aumône.

Prudente jusque dans ses libéralités, Elisabeth faisait travailler tous ceux à qui leurs forces permettaient de gagner leur vie; elle veillait à l'éducation des orphelins, et en soulageant la misère elle avait soin de ne pas favoriser l'oisiveté. Tout son revenu était le patrimoine des pauvres; en vain, lorsque le jeune landgrave fut de retour, lui fit-on des plaintes sur la prodigalité de son épouse; il se contenta de demander si elle avait aliéné ses domaines, et lorsqu'on lui eut répondu que non: « Eh bien, dit-il, laissez-la faire, je ne peux blâmer ses charités; elles attireront sur nous les bénédictions du ciel; nous ne manquerons pas tant que nous la laisserons assister les pauvres comme elle le fait. »

Louis de Thuringe disait vrai en promettant que la charité d'Elisabeth ferait descendre sur eux la bénédiction du ciel. Ils devaient être bénis l'un et l'autre, comme le sont ici-bas les vrais enfans de Dieu. C'est assez dire qu'ils eurent le bonheur de partager la croix de Jésus-Christ. L'empereur Frédéric Barberousse avait fait vœu d'aller combattre pour la délivrance de la Terre-Sainte. Le jeune landgrave se croisa à sa suite; il laissait trois enfans en bas âge et une épouse jeune, belle et uniquement aimée, et il allait courir les chances d'une expédition lointaine et périlleuse, dans la seule espérance de plaire à Dieu et de défendre l'honneur et les intérêts de sa foi. Nous ne comprenons plus ce dévoûment, aujourd'hui où une guerre qui ne se résout pas en un accroissement de puissance paraît dès lors impolitique, et par conséquent blâmable. Mais à cette époque les peuples, encore plus que les princes, se jetaient avec enthousiasme dans ces combats qui avaient pour motif une croyance et pour prix une prière faite sur le lieu où le Christ était mort. Louis de Thuringe, dont la foi était vive, le courage ardent et qui a mérité par la sainteté de sa vie d'être surnommé *le Pieux,* devait subir cet esprit de son siècle, auquel on ne refusera pas au moins quelque chose de noble et de généreux.

Elisabeth, dès qu'elle fut séparée de son mari, quitta, suivant sa coutume, tout l'extérieur de sa dignité et ne parut plus que dans le costume le plus simple. Elle ne devait pas reprendre cet éclat qu'elle n'avait jamais aimé, et qui devint cependant pour elle la suite de grandes épreuves. Le landgrave se rendit à Otrante pour rejoindre l'empereur ; il était sur le point de s'embarquer lorsqu'il fut attaqué d'une fièvre maligne qui l'emporta en peu de jours. Sa mort fut semblable à sa vie. Il reçut les derniers sacremens de l'Eglise avec une piété qui toucha vivement les assistans, déjà profondément émus à la vue d'une jeunesse si brillante, si pure, ainsi moissonnée.

Elisabeth apprit cette affreuse nouvelle de la mère du landgrave ; elle parut d'abord comme égarée par sa douleur. « Puisque mon frère (elle appelait ainsi son mari) est mort, dit-elle, le monde et tout ce qui flatte dans le monde est mort pour moi » Peut-être croyait-elle n'exprimer que la résolution qui était dans son cœur, et cependant elle prédisait les tribulations qui allaient l'environner de toutes parts ; car, depuis ce jour, le monde cessa de la flatter. Hermann, son fils, encore enfant, ne pouvait gouverner par lui-même. La cour, contenue jusqu'alors par le landgrave, se ligua hautement contre la vertu incommode d'Elisabeth ; on lui reprocha que ses aumônes avaient appauvri le trésor, et on ne voulut pas lui laisser la régence. Henri, oncle d'Hermann, servit aux ambitieux ; son inexpérience se laissa conduire par leurs conseils perfides, et, pour s'assurer le pouvoir, il alla jusqu'à chasser du palais la veuve de son frère.

Elisabeth, accompagnée de quelques-unes de ses femmes, descendit tristement le rocher escarpé dont elle avait parcouru si souvent les étroits sentiers pour aller secourir les pauvres ; elle se rendit dans la ville bâtie au bas de la montagne. Repoussée par un peuple timide

que sa position plaçait plus immédiatement sous l'influence de la cour,
elle trouva difficilement un asile dans une mauvaise auberge: on dit
même qu'on ne consentit à la recevoir que dans l'étable. A l'heure de
minuit, elle se rendit à l'église des Franciscains pendant qu'on récitait les Matines, et elle pria qu'on voulût bien chanter un *Te Deum*
pour remercier Dieu de l'avoir jugée digne de souffrir. Le lendemain
elle essaya de trouver un logement; la crainte lui fermait toutes les
portes. En parcourant les rues de la ville, elle se trouva en face d'une
vieille femme qu'elle avait souvent assistée de ses aumônes; le passage était étroit, et, pour ne pas enfoncer dans la boue, il fallait sauter
de pierre en pierre; la vieille, ne voulant pas céder le pas à la princesse, se précipita en même temps qu'elle sur une de ces rares et in-
égales sommités, et de son choc elle renversa Elisabeth dans la boue.
La fille du roi de Hongrie se releva en souriant, et elle alla passer le
reste de la journée dans l'église, seul asile qui ne lui fût pas fermé. Le
soir on lui apporta ses enfans, que leur oncle avait aussi renvoyés du
château; à la vue de ces innocentes victimes, dont la joie en retrou-
vant leur mère contrastait singulièrement avec son dénûment et ses
souffrances, elle ne put retenir ses larmes. Enfin, un prêtre eut le courage d'ouvrir sa maison à une pauvre veuve qui, au milieu d'une ville
qu'elle avait nourrie de ses charités, n'avait pas un lieu où reposer ses
trois enfans.

Mais, peu fortuné lui-même, il ne put offrir qu'une seule chambre
à Elisabeth et aux femmes qui étaient restées fidèles à son malheur,
encore la princesse ne demeura-t-elle pas plus long-temps dans ce
triste asile. La haine de ses ennemis l'y poursuivit et la força de retourner dans l'auberge où elle s'était d'abord arrêtée. Au milieu de tant
d'épreuves, et cependant elle avoue que ces jours furent pour elle des
jours de joie qui adoucirent l'amertume de la douleur que lui avait
causée la mort de son mari, Dieu la visitait par des consolations inté-
rieures, ordinairement plus abondantes lorsque toute apparence de félicité extérieure a disparu. Jaloux de nous faire comprendre que notre
bonheur est en lui seul, le Seigneur semble prendre plaisir à mettre
dans une nudité absolue les âmes qui lui sont chères. Quand, repous-
sées de toutes les créatures, elles se trouvent dans ce monde seules,
délaissées et sans appui, Dieu vient à elles; il leur fait sentir sa douce
présence, et elles peuvent répéter alors la parole du grand apôtre :

« Au milieu de mes tribulations je *surabonde* de joie. » Hentrude, l'une des femmes d'Elisabeth, que sa vertu lui rendait particulièrement chère, vit plus d'une fois, dans ces momens de peine, se réfléchir sur le visage de notre sainte quelques rayons de cette allégresse indicible qui inondait son âme ravie en Dieu. Le monde a peine à comprendre de telles paroles; qu'est-ce qu'une âme ravie en Dieu? Hélas! si les joies toujours si imparfaites de cette terre peuvent quelquefois nous mettre comme hors de nous, si la vue d'une beauté créée nous transporte, croyez-vous, lorsque la source de toute joie et de toute beauté se communique à notre âme, elle ne puisse pas la ravir? D'ailleurs, comment exprimer ces mystérieuses jouissances du cœur? Ceux même qui les ont éprouvées ne savent pas le dire; il faudrait pouvoir emprunter les cantiques des anges; car nos langues mortelles, si habiles à varier l'expression de la douleur, ne peuvent jamais que bégayer la joie. Qu'il nous suffise de savoir que, pour le cœur qui aime Dieu, il est, dès ici-bas, une félicité inaltérable; et peut-être quelques-uns de ces mondains auxquels les voluptés de ce monde ne sont plus que dégoût éprouveront le désir d'aller étancher la soif qui les dévore à cette fontaine pure, dont les eaux rejaillissent jusqu'à la vie éternelle.

L'abbesse de Kitzingen, au diocèse de Wurtzbourg, tante maternelle d'Elisabeth, apprit la persécution qui poursuivait sa nièce; elle lui donna un asile dans son monastère et lui conseilla de s'adresser à l'évêque de Bamberg, son oncle. Ce prélat puissant offrit à Elisabeth une maison commode à côté de son palais; il écouta le récit de ses malheurs avec le plus vif intérêt; en l'entendant, l'évêque et les ecclésiastiques de son clergé qui l'environnaient ne purent retenir leurs larmes. Il promit à sa nièce de lui faire rendre justice et de remettre ses enfans en possession de leur héritage; et comme elle était à peine âgée de vingt ans, et encore dans tout l'éclat de la beauté, il lui proposa de se remarier. Elisabeth déclara qu'elle ne consentirait jamais à suivre ce dernier conseil, et que puisqu'elle n'avait pas eu le bonheur de consacrer sa virginité au Seigneur, du moins elle achèverait sa vie dans une chasteté parfaite. Du reste, elle annonça qu'elle était résolue à soutenir les droits de son fils, et à user de tous les moyens qui seraient en son pouvoir pour lui faire rendre le trône de son père.

Dieu daigna bénir cette généreuse détermination. Quoique l'évêque de Bamberg eût d'abord pressé très vivement sa nièce de consentir à une nouvelle union, parce qu'il croyait que c'était le seul moyen de lui assurer un protecteur assez dévoué et assez puissant pour confondre ses ennemis, il finit cependant par lui permettre de suivre le saint désir que l'esprit de Dieu lui avait inspiré. D'ailleurs, la Providence ne tarda pas à susciter elle-même des défenseurs à la veuve et à l'orphelin.

Le corps du landgrave, enseveli à Otrante, avait été levé de terre; on ne trouva que les ossemens, qui furent enfermés dans un coffre très riche, et les principaux officiers de l'armée le transportèrent solennellement en Allemagne. Partout, sur le passage du cortége, les restes du landgrave reçurent les plus grands honneurs; pendant la nuit, le cercueil était déposé dans un monastère et on récitait l'office des morts. Les princes et les grands l'accompagnaient sur leur territoire, ou même se joignaient au cortége qui ne le quittait pas. Quand on fut près de Bamberg, l'évêque alla processionnellement avec tout son clergé au devant du corps. Elisabeth était restée dans la ville avec la noblesse qui l'entourait et cherchait à la consoler. Dès que la pompe funèbre fut entrée à l'église, la princesse y alla elle-même; assez forte d'abord pour contenir sa douleur, elle s'approcha du cercueil et voulut voir ce qui lui restait de cet époux qui lui avait été si cher. Lorsque ses yeux s'arrêtèrent sur ces ossemens, ses larmes coulèrent en abondance et elle ne chercha plus à arrêter l'expression de ses regrets.

« Je vous rends grâces, ô mon Dieu! dit-elle, de ce que vous avez daigné condescendre aux désirs de votre servante, qui souhaitait si ardemment contempler les ossemens de son bien-aimé; c'est une consolation que votre miséricorde n'a pas refusée à mon âme désolée. Il s'est offert lui-même, et moi aussi je vous l'avais offert pour la défense de votre Terre-Sainte; je ne le regrette pas, quoiqu'il fût bien cher à mon cœur. Vous savez, ô mon Dieu! que si vous aviez voulu me rendre sa douce présence, elle m'eût été plus précieuse que tous les délices et toutes les joies de ce monde. Volontiers je passerais ma vie dans l'indigence et les privations, si à ce prix il vous plaisait de m'accorder de jouir de sa société. Mais je l'abandonne et je m'abandonne moi-même aux ordres de votre volonté sainte, et quand il ne faudrait qu'un cheveu de ma tête pour le rappeler à la vie, je ne voudrais pas qu'il me fût rendu contre la disposition de votre Providence. »

Tous les seigneurs qui avaient accompagné le cercueil de Louis de Thuringe furent profondément émus en entendant de la bouche de cette veuve désolée l'expression si chrétienne de sa douleur. Après la cérémonie, Elisabeth donna audience aux barons du landgraviat; elle leur exposa avec dignité les persécutions qui l'avaient chassée du château de Marpurg, et sans accuser Henri, dont elle chercha même à pallier les torts, elle réclama ses droits et ceux de ses enfans. Les barons indignés jurèrent de prendre hautement sa défense, et elle n'eut besoin que de modérer leur zèle et de leur recommander de se borner à des remontrances. En effet, ils accompagnèrent avec les mêmes honneurs le corps de leur souverain en Thuringe, et dès qu'on lui eut rendu les derniers devoirs, ils demandèrent que justice fût faite à sa veuve. Ils reprochèrent à Henri son crime, le menacèrent de la vengeance du ciel, et confondirent la calomnie en lui opposant l'éloge le plus mérité de la vertu d'Elisabeth. Henri ne put résister à de si justes représentations, auxquelles le crédit et la puissance des seigneurs qui les faisaient donnaient d'ailleurs une force qu'il n'eût pas été prudent de mépriser. Il rendit donc à sa belle-sœur son douaire, la rappela au château, offrit de lui remettre le gouvernement et rétablit son neveu dans tous ses droits. Elisabeth refusa de se charger de l'administration de l'état, et elle ne consentit à rentrer dans ses biens que pour les consacrer tout entiers au soulagement des pauvres.

Depuis ce moment, elle pratiqua de la manière la plus excellente toutes les vertus que saint Paul demande des veuves. « Que celle qui est vraiment veuve et désolée espère en Dieu, qu'elle s'applique à la prière de jour et nuit. » Uniquement occupée de Dieu, elle mena une vie pauvre, obscure, mortifiée. Saint Bonaventure, son contemporain, nous apprend qu'elle ne se nourrissait que d'herbes; elle couchait sur une simple planche, et, ne se réservant rien de ses immenses revenus, elle gagnait sa vie par le travail de ses mains. Plusieurs de ses femmes, animées par ses paroles et par son exemple, partagèrent ses austérités ou bien s'enfermèrent dans le cloître. Un genre de vie si peu conforme à son rang ne pouvait manquer d'exciter bien des contradictions. Le pape Grégoire IX, instruit des vertus extraordinaires que pratiquait cette princesse si jeune, la prit sous la protection spéciale du saint-siége et ordonna qu'on laissât continuer à édifier le monde par le mépris de tout ce qu'il ambitionne. Il écrivit même à

Conrad, prêtre zélé et prédicateur célèbre, sous la conduite duquel Elisabeth s'était mise dès le commencement de son mariage. Le pontife lui recommandait cette âme privilégiée qui, dans les voies peu communes où la Providence la plaçait, avait besoin d'être dirigée avec prudence et sagesse. Conrad sut en effet conduire son illustre pénitente dans le chemin de la perfection évangélique; plus elle était généreuse, plus il croyait devoir exiger d'elle, et il lui fit pratiquer dans toute son étendue le précepte du divin Maître : « Renoncez-vous vous-même. » S'étant aperçu qu'elle avait un attachement trop sensible pour deux de ses femmes, dont la piété répondait parfaitement à la sienne, il lui proposa aussitôt de s'en séparer. Quelque douloureux que fût ce sacrifice, Elisabeth ne balança pas à l'offrir, et à satisfaire ainsi la sainte jalousie du céleste époux qui veut être le seul bien-aimé.

Le roi de Hongrie, apprenant l'humiliation volontaire dans laquelle vivait sa fille, voulut l'attirer auprès de lui et l'entourer des honneurs dus à son rang. Il lui envoya un de ses seigneurs qu'il chargea de ne rien négliger pour la déterminer à la suivre. Lorsque ce vieux serviteur, habitué à l'étiquette et aux traditions de la cour, entra dans la modeste cellule qu'habitait Elisabeth et qu'il la vit occupée à filer de la laine, frappé de stupeur, il fit le signe de la croix, et il s'écria : « A-t-on jamais vu jusqu'à ce jour une fille de roi filer la laine ! » Ni l'étonnement du noble Hongrois, ni toutes ses prières ne purent changer la résolution d'Elisabeth. Elle persévéra dans le genre de vie pauvre et obscure qu'elle avait choisi et qui était devenu pour elle une source de grâces abondantes. Outre les consolations extraordinaires dont Dieu la favorisait, il se montrait facile à exaucer toutes ses demandes, et plus d'un pécheur endurci dut sa conversion à ses exhortations et à ses prières,

Tant de vertus l'avaient rendue mûre pour le ciel. Elle sentit sa fin s'approcher et elle la prédit aux femmes qui l'environnaient. Ce bienheureux moment redoubla sa ferveur; elle voulut faire une confession générale de toute sa vie, et elle institua Jésus-Christ son héritier dans la personne des pauvres. Jusqu'à son dernier soupir elle s'entretint des souffrances et de la mort du Sauveur. Le 19 novembre 1231, elle rendit son âme pure à son Créateur : elle était dans la vingt-quatrième année de son âge. Son corps fut enterré dans une chapelle près de l'hôpital qu'elle avait fondé. Dieu daigna manifester la sainteté de sa servante par plusieurs miracles ; ils furent constatés juridiquement, et quatre ans après la mort d'Elisabeth, le pape Grégore IX la canonisa le jour de la Pentecôte. Siffroi, archevêque de Mayence, ordonna de rendre à ses reliques les honneurs qui leur étaient dus. Elles furent enfermées dans une châsse de vermeil et placées sur l'autel dans l'église de l'hôpital.

Si cette fille d'un sang royal, écoutant les flatteries du monde, eût voulu briller à ses yeux, elle serait morte oubliée de ceux même qui lui auraient prodigué leurs louanges, et maintenant elle dormirait confondue sans gloire avec toutes les princesses de sa maison. Mais parce qu'elle a préféré l'opprobre de Jésus-Christ et qu'elle a voulu vivre pauvre et méprisée, son nom est vénéré, et ses restes placés sur les autels reçoivent depuis plusieurs siècles les hommages de toutes les générations. Ainsi se vérifie dès ici-bas la parole du Seigneur : « Celui qui s'élève sera abaissé, et celui qui s'abaisse sera élevé. »

L'ABBÉ DIDON.

FRAGMENS POUR LE MOIS DE MARIE.

Marie reste au pied de la Croix.

Mon Dieu, mon Dieu, pourquoi m'avez-vous abandonné ? Tel fut le cri de Jésus sur la croix : cri d'angoisse, cri tendre et déchirant, qui ébranla les voûtes du ciel et brisa le cœur de Marie. Son fils chéri succombe à la douleur morale (la plus affreuse de toutes les douleurs) ; car il se sent abandonné de Dieu et des hommes. Où sont ses disciples bien-aimés, qu'ont-ils fait pour le soustraire à la fureur des Juifs? Si, trop faibles, trop peu nombreux, ils n'ont pu le défendre par la force, que ne l'ont-ils suivi pour mourir avec lui, ou du moins pour entourer son lit funèbre et adoucir ses derniers momens par mille preuves d'amour?... Non, ils ont fui... tous abandonnent leur père, leur sauveur. Il est cependant deux êtres qui s'attachent aux pas de Jésus : c'est sa mère, et plus tard le disciple bien-aimé ; Marie, au pied de la croix, meurt mille fois de la mort de son fils ; sa douleur n'est pas de celles qui s'évaporent en paroles, qui n'ont que des larmes et se perdent dans un évanouissement. Non, sa douleur est grande, sublime comme son amour. Les yeux de la mère de désolation s'arrêtent sur ceux de son fils ; elle sait y lire l'excès de ses souffrances ; instruite par leur triste éloquence, elle pénètre jusqu'à l'âme de Jésus-Christ, et la voit abreuvée d'amertume ; oui, Jésus qui brûlait d'amour pour les hommes jusque dans les douleurs de son agonie, regardait autour de lui, et gémissait en ne voyant que des ingrats et des bourreaux. L'avenir, au moins, venait-il le consoler, en lui montrant l'univers rangé sous ses lois? Hélas! la prescience de l'homme-Dieu évoque ces déplorables jours dormant encore dans leur néant, et l'avenir se dresse devant lui et déroule à ses yeux les générations que le torrent des siècles fera passer rapidement sur la terre ; grand Dieu! que vîtes-vous? votre croix triomphante, mais teinte du sang de milliers de martyrs ; puis enfin cette croix adorable profanée, abattue par l'impiété en délire, ou délaissée par l'indolente indifférence de notre époque. La mort du juste ne sauvera donc que le petit nombre, et des flots innombrables d'impies et de coupables se précipiteront dans l'abîme, et l'enfer étendra ses flancs pour recevoir ses victimes. Quel père peut soutenir sans désespoir la vue de son fils tombant dans les flammes éternelles? est-il une bouche assez éloquente, des paroles assez expressives pour peindre le désespoir d'un chrétien qui se voit arraché par le démon ce qu'il a de plus cher au monde? Aussi notre Sauveur, en apercevant les enfans nés de son amour, rachetés par son sang, se jouer sur les bords du précipice et ne croire aux peines éternelles que lorsqu'elles les pressent de toutes parts; aussi, dis-je, notre Sauveur frémit et verse ses dernières larmes avec la dernière goutte de son sang ; il meurt bien plus de cette horrible douleur que du supplice auquel ses ennemis l'ont condamné.

En voyant notre divin Rédempteur abandonné des siens, renié par saint Pierre, qui ne sent en soi un vif ressentiment s'élever contre ses lâches disciples? Ce crime, ils l'ont expié en répandant des torrens de larmes, en donnant tout leur sang pour faire triompher la cause sainte. Mais nous, lâches chrétiens, qui désertons la cause de Dieu au premier mot railleur de l'impiété, qui n'osons reconnaître hautement le Christ pour notre souverain et notre modèle, que faisons-nous pour réparer cette longue apostasie? comment réparons-nous le tort d'une indifférence changée en habitude, érigée en système? Ah! tournons notre colère contre nous-mêmes, et envions au prince des apôtres ses remords, sa pénitence, son sublime dévoûment et sa mort héroïque.

Quelle serait notre confusion si notre mémoire nous rappelait toutes les fois où nous avons renié notre Sauveur, soit en n'osant arborer devant un monde frivole la livrée de Jésus-Christ, soit en rougissant de pratiquer à la lettre ses divins préceptes, soit enfin en nous détournant avec dédain de l'indigent ou de celui qui pleure? Oublions-nous que c'est Jésus-Christ même qui se cache sous les traits du malheur? Ce Dieu si tendre fuyait-il les malheureux, lui qui s'arrêta plein d'émotion devant la douleur de la veuve de Naïm? lui qui vola chez Marthe et Marie, parce qu'elles étaient dans la désolation de la mort de leur frère? lui qui, s'approchant du tombeau de cet ami si cher, se sentit frémir en lui-même, lui qui pleura?... O larmes chères et précieuses, tombez sur mon cœur pour l'attendrir et le ressusciter à la grâce! Vous coulez sur la tombe d'un simple mortel, et moi je ne m'attendris pas sur la croix d'un Dieu! Eh! pourquoi cette monstrueuse indifférence? Ah! c'est que je ne me suis pas nourri de la méditation de la vie de Jésus-Christ, de sa mort aussi cruelle que sublime. Aime-t-on celui auquel on ne pense pas, que l'on ne connaît qu'imparfaitement? Et c'est dans cette coupable indolence que s'écoulent mes jours. Je sais vaguement qu'il y a un Dieu; je lui rends un hommage froid et purement extérieur. Mes yeux, fascinés par le vain éclat du monde, ne s'attachent pas à percer les nuages qui entourent la divinité pour y trouver et adorer celui qui mourut pour moi. Il n'en sera plus ainsi, Seigneur; ma place sera désormais au pied de la croix; elle m'apprendra quelle est l'indispensable nécessité des souffrances, et mon cœur, devenu vraiment chrétien, grandira sous la main du malheur. Oui, je serai fier d'avoir été jugé digne d'être associé à vos ineffables douleurs, et de porter cette croix qui est le sceptre du monde, l'espérance du pécheur repentant et la terreur de l'impie. Oui, je ne vous quitterai plus, croix auguste, teinte du sang d'un Dieu, resplendissante de sa gloire. Hélas! qui marche sur ses traces, en les adorant comme Marie ? Ce n'est pas vous, hommes cupides, qui usez vos jours et vos nuits à creuser la mine où vous espérez trouver de l'or. Ce n'est pas vous, lâches sybarites, que la mollesse retient sur vos lits somptueux, et qui ne vous arrachez au sommeil que pour voler à de nouveaux plaisirs. Enfin , ce n'est pas vous femmes coquettes, qui, oubliant vos devoirs et d'épouse et de mère, faites de votre vie un cercle d'inutilités ; elle n'est point non plus la compagne de la croix, la femme au front sévère, à la parole dure et tranchante, qui veut usurper la gloire d'être crue vertueuse, sans vaincre son orgueil et l'aigreur de son caractère.

O Dieu, qui êtes abandonné de tous, et qui ne nous abandonnez pas, daignez me donner la force de gravir jusqu'au sommet du calvaire malgré la difficulté du chemin. A la vue de ce lieu vénéré, de la mère de douleur, je rougirai de chercher du plaisir, des honneurs, du repos dans la vallée des larmes; et, me prosternant sur cette terre sanctifiée par votre sang, protégée par votre mère, je vous consacrerai mon cœur et ma vie.

PRATIQUE.

Réfléchissons sur la nécessité de faire une sérieuse étude de la vie et de la mort de Jésus-Christ ; donnons chaque jour quelque temps à ces saintes pensées, à de pieuses lectures, et surtout à la méditation : c'est elle qui nous identifie avec Dieu, et nous fait trouver en lui cet ami nécessaire auquel on doit tout, dont le souvenir se mêle à tous nos sentimens. Ces communications divines et continuelles nous déprendront du goût des jouissances terrestres. Qui ne vit que par son cœur ne peut aimer ces riens brillans du plaisir, de l'ambition et des parures. Que sont les choses extérieures, les mélodies les plus ravissantes de ce monde, à celui qui a senti son âme vibrer à la voix puissante et suave de son Dieu ? Vierge sainte, souffrez-moi près de vous, au pied de la croix. Daignez m'apprendre comment on aime votre divin fils, et comment on mérite d'avoir part aux mérites de son sang précieux.

Gloire à Dieu, etc.
Je vous salue, etc.

MADAME TARBÉ DES SABLONS.

UNE PETITE PRÉCIEUSE.

Vous la connaissez, sans doute... vous l'avez rencontrée en plus
d'un endroit. Elle a certainement posé quelque part devant vous...
Peut être même avez-vous son nom sur le bord des lèvres... — Elle
s'appelle Hélène... Emma... Julie... — Chut! chut!!! je ne vous demande pas son nom... Si vous le savez, gardez-le pour vous seule...
Je serais bien fâché de vous fournir le prétexte d'une médisance...
D'ailleurs, êtes-vous bien sûre de n'avoir pas au moins quelques traits
du portrait que je vais tracer?... Examinez-vous franchement, et si
vous vous y reconnaissez, si peu que ce soit, corrigez-vous, c'est dans
ce seul but que j'écris.

Nous l'appellerons Hectorine. Son père sera, si vous voulez, le
comte de Luiville. Sa famille est riche, cela va sans le dire; le grand
monde est le sol natal de la *préciosité*... Ah! mon Dieu! je viens de
commettre, je crois quelque chose comme un *barbarisme*... Faut-il
l'effacer?... Vraiment, puisqu'il est écrit, je vous demande la permis-
sion de le conserver, d'autant que je ne trouve pas dans le vocabulaire
un mot qui rende aussi bien mon idée... Après cela, en y mettant un
peu de bonne volonté, nous pourrions lui donner un passeport en qualité de néologisme, et en cela vous ne risqueriez pas beaucoup; de
plus savans que vous et moi les prennent fréquemment l'un pour
l'autre, sans même s'en douter.

Le grand monde, disais-je donc, est le sol natal de la préciosité...
Ce n'est pas qu'on ne rencontre aussi des précieuses dans la bourgeoisie
et même dans le peuple... mais les premières sont si ridicules, qu'en
les peignant il faudrait descendre jusqu'à la caricature... ce dont je
me garderai fort... Ce défaut, chez les autres, présente un contraste si
tranché avec leur position, qu'il inspire une pitié profonde. Evitons-
les donc également: moraliser *en riant* doit être ici ma devise.

Qu'est-ce que la *préciosité*, puisque ce mot est accepté?.... De
la coquetterie? pas le moins du monde... De la prétention?... assez...
De l'affectation?... beaucoup... De la vanité? énormément. Oui, c'est
surtout la vanité qui en est le principe. La vanité! le plus petit, et en
conséquence, le plus irritable de tous les sentimens que l'égoïsme
nous inspire; la vanité, toujours si bizarre, si originale, si quinteuse,

quelquefois si amusante dans ses manifestations, mais qui devient tout à fait comique quand elle se fait *précieuse* ; c'est alors un travers d'esprit dont il nous est permis de rire à part nous. Les défauts physiques doivent toujours passer inaperçus ; nous devons même plus d'égards, en quelque sorte, et plus d'intérêt à ceux qui en sont frappés ; c'est une sorte de compensation qui n'est, après tout, que de la justice ; les défauts qui proviennent du cœur ne doivent nous inspirer que tristesse et compassion ; mais les travers d'esprit !... c'est autre chose... Et pourvu qu'on se renferme dans les convenances, il est permis de s'en donner intérieurement le spectacle gratis, à la condition, bien entendu, d'en tirer, s'il y a lieu, une leçon profitable pour soi-même.

Prions donc Mlle Hectorine de poser un instant devant nous ; tâchons même d'obtenir de sa complaisance qu'elle se montre dans quelques scènes où elle excelle dans son rôle ; mais que dis-je ?... elle sera trop heureuse de déployer à nos yeux ses agréables talens ; Mlle Hectorine joue la comédie d'inspiration.

SCÈNE I.

(Mlle Hectorine est seule dans sa chambre ; elle s'examine attentivement dans une psyché ; elle avance, recule, fait trois pas du côté droit, puis autant du côté gauche, s'assied, se relève, fait la révérence, se regarde de profil et cherche même à se voir de dos.)

Pure coquetterie ! dira peut-être plus d'une malicieuse lectrice. — Vous la calomniez... Hectorine coquette !... Elle s'inquiète bien, vraiment, de l'étoffe ou de la forme de sa robe, de celle de son tablier, de sa coiffure ou du plus ou moins d'agrément de sa physionomie... son ambition ne descend point si bas... Ah ! si vous pouviez lire dans sa pensée ? — Pourquoi non ?... Quand on se croit seul, on pense quelquefois tout haut... Ecoutez... c'est le monologue de la pièce.

HECTORINE, seule.

Je ne voudrais pourtant pas saluer comme Ernestine... C'est d'un commun détestable !.... Et Louise donc ! Où a-t-elle été prendre sa façon de marcher, je vous le demande ? Est ce que jamais une *jeune personne* distinguée a marché ainsi... C'est d'une lourdeur désespérante !....

Remarquez, je vous prie, que Mlle Hectorine se traite de *jeune personne*, et elle vient d'avoir treize ans!... Peut-être trouve-t-elle fort singulier de n'avoir pas encore été demandée en mariage... cela ne me surprendrait pas.

(Hectorine continue.)

C'est comme Alphonsine, quand une *jeune personne* de ses amies lui rend visite, elle se jette à son cou et l'embrasse à l'étouffer... absolument comme la mère Gertrude, ma nourrice, quand elle vient me voir. C'est du dernier mauvais goût. On reçoit une amie avec calme ; on se lève quand elle entre,

(Hectorine se lève.)

On fait quelques pas au devant d'elle...

(Hectorine fait quelques pas vers la porte.)

en lui disant avec un demi-sourire : « Bonjour, ma chère... C'est tout aimable à vous de venir me voir... » En même temps on lui prend délicatement les trois doigts de la main, geste venu récemment d'Angleterre et tout à fait bonne compagnie ; puis on ajoute avec une agréable inflexion de voix : « Asseyez-vous donc, je vous prie, nous devons avoir mille choses à nous dire!... »

(En revenant vivement devant la glace, non plus cette fois avec un demi-sourire, mais la physionomie rayonnante d'une satisfaction intime.)

A la bonne heure, c'est ainsi qu'on reçoit!...

Mais ce soir, au bal où maman doit me conduire, quel maintien *prendrai-je?*

Remarquez encore qu'Hectorine s'avoue à elle-même qu'elle prend tel ou tel maintien à volonté. N'allez pas, toutefois, lui répéter ce soir l'aveu qu'elle vient de faire, elle ne vous le pardonnerait pas ; car le trait le plus caractéristique de sa manie est de passer pour n'obéir qu'à la nature ; c'est le comble de la préciosité.

(Hectorine continue.)

Voyons... Je suis assise à côté de ma mère, qui parle à son autre voisine... Elle a cette habitude-là... cette espèce d'isolement rend ma position plus embarrassante... Mais avec du tact et de l'esprit, on se tire toujours d'affaire... J'ai d'abord la ressource de lui adresser de temps en temps la parole... « Maman, me permettras-tu de danser?. . Maman, resterons-nous tard aujourd'hui?... Maman, tu marches sur

ta robe... » Cette pauvre ressource, après tout, est bientôt épuisée...
Il vaut mieux chercher une tenue...

(Hectorine se rassied.)

Regarder tout le monde sans voir personne ; prendre garde surtout
de jeter un regard sur les *demoiselles* de son âge ! on semble désirer
de se rapprocher, ce qui est par trop enfant ; un air indifférent avec
une légère nuance d'ennui ne fait pas mal... comme cela...

(Hectorine se donne l'air que ses paroles viennent d'indiquer.)

Un danseur enfin s'approche de moi... Les danseurs, soit dit en
passant, ne sont guère empressés auprès des demoiselles de mon âge ;
cela ressemble à du dédain ; aussi je le reçois froidement avec une
légère inclination de tête... « Monsieur, si maman veut bien le permettre... »

A cet endroit intéressant, Hectorine s'interrompt en jetant une ex-
clamation de surprise et de mécontentement.

— Ah ! mon Dieu, est-ce qu'on entre comme cela sans frapper !...
Vous m'avez fait une peur... Vous êtes d'une brusquerie !... Que me
voulez-vous?... Parlez donc !...

La pauvre Jeannette, toute surprise de l'accueil chagrin de sa
jeune maîtresse et de la mauvaise humeur qu'elle fait paraître, reste
immobile et muette à l'autre bout de la chambre... Elle ne se doute
pas qu'elle vient de surprendre Hectorine au plus beau moment de la
répétition de son rôle... Ici commence la deuxième scène de la comédie.

SCÈNE II.

HECTORINE, JEANNETTE.

(Hectorine est très rouge ; l'impatience et une sorte d'irritation nerveuse se
lisent dans ses regards.)

(Jeannette, bonne et grosse fille de chambre, regarde d'un air ébahi sa jeune
maîtresse.)

Hectorine. — Quand vous me regarderez sans me répondre !...

Jeannette. — Dam ! m'amselle, vous me r'cevez si brutalement,
qu' j'en suis toute ébaubie !...

Hectorine. — *Ébaubie!...* quelle expression!

Jeannette. — Vous savez bien, m'amselle, qu' je n' suis pas une grand' dame, pisque j' suis vot' servante : j' parle comme on m'a appris.

Hectorine. — Depuis que vous êtes ici, vous auriez bien pu apprendre à parler moins trivialement... Enfin, que voulez-vous?...

Jeannette. — C'est vot' maître d'écriture qui vous attend... Dites donc, m'amselle, pourquoi donc qu' vous avez toujours un maître d'écriture?... Est-ce que vous ne savez pas encore écrire?... une grand' demoiselle comme vous!...

Hectorine, d'un air très embarrassé. — C'est seulement pour me psrfectionner. Mais de quoi vous mêlez-vous?... Vous n'êtes qu'une sotte...

Jeannette. — C'est ben possible, m'amselle... Je n'ai jamais eu de maître pour *m'apprendre de l'esprit,* moi... mais quant à l'écriture, si on me l'avait montrée aussi jeune que vous, p't'être ben qu'à vot' âge, j' n'aurais pas eu besoin de m'y *perfectionner.*

(A part.)

Attrape...

(En disant ces mots, Jeannette sort vivement sans attendre la réponse.)

Hectorine, outrée de dépit. — Voyez-vous l'impertinente... Si on les laissait faire, ces *gens-là* deviendraient d'une familiarité insupportab'e... Je vais m'en plaindre sérieusement à maman!...

SCÈNE III.

HECTORINE, MADAME DE LUIVILLE.

Madame de Luiville. — Qu'as-tu donc, Hectorine, pour que ta physionomie soit si animée?

Hectorine. — C'est Jeannette qui m'a *manqué.*

Madame de Luiville, en riant. — Jeannette *t'a manqué!* qu'est-ce que cela veut dire en français?... explique-toi.

Hectorine. — Il me semble, maman, que cela n'a pas besoin d'explication... Jeannette a manqué à ce qu'elle me doit.

Madame de Luiville. — Et que te doit-elle?

Hectorine. — Des égards. je pense, comme à la demoiselle de la maison.

Mme de Luiville. — Très bien ; mais d'abord où vas-tu chercher cette expression, la *demoiselle de la maison ?* Ma chère amie, tu as contracté, je ne sais à quelle école, toutefois je me fais gloire que ce ne soit pas à la mienne, la ridicule manie de raffiner sur toutes choses ; tu es sans cesse en quête d'une soi-disant distinction de tenue, de manières et de paroles qui te rend on ne peut plus ridicule et t'expose à de continuelles bévues. Tu crois avoir tout à l'heure trouvé une expression des plus choisies, n'est-ce pas ? la *demoiselle de la maison,* — et tu ne te doutes seulement pas combien ce mot est commun ; — tu ignores qu'on dit une *demoiselle de magasin,* une *demoiselle de comptoir,* sans cela tu te serais bien gardée de ce mot.

Hectorine, avec étonnement. — Sans doute... il me semblait cependant que le mot *fille* avait quelque chose de trivial.

Mme de Luiville, en riant. — Tu veux donc cesser d'être *ma fille ?*

Hectorine. — Ah ! maman !

Mme de Luiville. — Ou bien faudra-t-il désormais qu'à l'exemple de mon cocher, quand il parle d'Euphrasie, je dise en parlant de toi : « *Mademoiselle* a été un peu malade aujourd'hui. »

Hectorine. — Ah ! maman...

Mme de Luiville. — Alors sans doute aussi, par analogie, ton père, en parlant de moi. devra dire : « J'ai laissé *mon épouse* à la maison. »

Hectorine. — Tu te moques de moi, maman... Je sais bien qu'il n'y a que les *gens du commun*...

Mme de Luiville. — Tu me fais marcher de surprise en surprise... Où vas-tu prendre tous les mots dont tu te sers ? les *gens du commun* à présent !... Quand donc nous as-tu entendu, ton père et moi, nous servir de cette expression ? Ignores-tu aussi qu'il n'y a plus que les *personnes sans éducation* qui se servent de ce mot ?

Hectorine. — J'avais cru pourtant, maman, m'exprimer convenablement ; j'ai entendu Marie d'Hérisan s'exprimer ainsi... et tu sais qu'elle a de l'esprit comme un ange.

Mme de Luiville, fort étonnée. — *Comme un ange !...* Où as-tu encore pris cela ?... Je ne sais pas si Marie a de l'esprit *comme un ange,* ni si elle est savante *comme un ange,* ni si elle parle *comme*

4

un ange... Mais je sais fort bien qu'en cette occasion elle a emprunté cette locution au vocabulaire de ma portière.

Hectorine (très-confuse). Ah ! maman !...

Mme de Luiville. — Oui, je ne m'en dédis pas ; parce que dans cette comparaison il y a quelque chose de bizarre et d'impossible, tu l'as crue distingué... c'est ce qui arrive souvent quand on vise à l'effet, quand on veut à toute force *se distinguer* ; c'est-à-dire faire autrement qu'il n'est d'habitude dans le monde où l'on vit. Les personnes qui, de la médiocrité, passent brusquement à l'opulence, s'efforcent d'oublier le monde d'où elles se sont élevées, et pour cela elles croient n'avoir qu'une chose à faire : se conduire et parler autrement que ceux qu'elles quittent... Ceux-là disaient tout simplement : j'ai donné un maître d'écriture à ma *fille*; mon *portier* ne m'a pas monté mon journal ce matin ; ma *femme* est un peu souffrante ; mon *perruquier* a oublié son rasoir ; les parvenus diront : *Le professeur d'écriture* de ma *demoiselle* ; mon *concierge*; ma *feuille* du matin ; la santé de mon *épouse*; le rasoir de mon *coiffeur*. Pure affectation !... efforts ridicules qui montrent le bout de l'oreille. La première condition de la vraie élégance, c'est la simplicité ; la première condition de la grâce, c'est le naturel : dans la vie ordinaire, ainsi que dans les arts, l'affectation, la recherche, la manière, choqueront toujours les esprits justes comme tout ce qui est faux. Mais ton maître d'écriture t'attend, nous reprendrons plus tard cet entretien sur les fausses idées que tu as et dont je soupçonne déjà la cause.

SCÈNE V.

LES PRÉCÉDENS, ALBERT.

(Celui-ci entre en saluant poliment, mais vivement, les amies de sa sœur ; puis, courant à celle-ci, il la soulève presque dans ses bras en l'embrassant cordialement.)

Albert. — Bonjour, chère petite sœur...

Hectorine, avec humeur. — Mon Dieu ! comme tu es brusque... ne peux-tu m'embrasser plus délicatement ?

Albert. — J'agis comme en le fait avec les personnes qu'on aime et qu'on n'a pas vues depuis long-temps !

Hectorine. — Il n'y a pas huit jours que tu m'embassais de même et que je te faisais la même observation.

Albert. — Ce n'est donc rien pour toi que huit jours de séparation?... Vous avez un frère, mademoiselle Julie, est-ce que vous le recevez ainsi quand il vient passer chez vous un jour de congé?

Julie. — Vraiment! je suis trop heureuse des témoignages d'amitié qu'il me donne.

Hectorine. — C'est que probablement il ne vous soulève pas dans ses bras sans plus de précautions que si vous étiez un sac.

Julie, en souriant. — Mais si vraiment : c'est assez là sa manière.

Félicité. — Et puis, d'ailleurs, est-ce qu'on embrasse les sacs?...

(Rire général et prolongé, pendant lequel la physionomie d'Hectorine est devenue plus revêche encore.)

Albert. — Enfin, cela te déplaît ; je tâcherai d'y mettre plus de *délicatesse*, pour me servir de ton expression... Ne parlons plus de cela. Nous voilà en bonne compagnie, mesdemoiselles, et nous allons un peu nous amuser, hein?... Vous savez le proverbe, cette sagesse des nations : Plus on est de fous, plus on rit...

Julie. — Oui! oui! c'est cela! amusons-nous!

Albert. — Et d'abord descendons au jardin!... nous commencerons par une partie de colin-maillard sur la grande pelouse verte.

Toutes ensemble. — Allons! vite! vite!

(Elles se dirigent en sautant vers le jardin.)

Julie. — Vous avez toujours d'heureuses idées, monsieur Albert!

Félicité. — C'est si amusant le colin-maillard!

Emma. — Et sur la grande pelouse encore!

Albert, voyant que sa sœur ne se dispose pas à les suivre, laisse passer les jeunes filles en leur disant : Allez toujours, mesdemoiselles, nous vous rejoignons dans l'instant.

SCÈNE VI.

ALBERT, HECTORINE.

Albert. — Tu ne viens pas avec nous, Hectorine?

Hectorine, sèchement. — Non, je n'aime pas les jeux de garçons.

Albert. — J'ignorais que le colin-maillard eût un sexe ; tu me l'apprends.

Hectorine. — Je pourrais t'apprendre bien d'autres choses.

Albert, en riant. — Dis toujours : j'en profiterai s'il y a lieu.

Hectorine. — Tu es avec tout le monde, et surtout avec moi, d'une familiarité...

Albert, qui commence à ne plus rire. — Vraiment ! un frère qui se permet d'être familier avec sa sœur, cela ne s'est jamais vu, et qui pousse la familiarité jusqu'à l'embrasser ! C'est monstrueux, colossal, pyramidal ; on le fera mettre dans les journaux pour la curiosité du fait !

Hectorine. — Il y a manière de s'y prendre... à chaque instant tu me saisis brutalement par le bras comme tu ferais d'un camarade... Et puis quelles expressions ! qui se douterait à t'entendre que tu e sle fils du comte de Luiville ? « *Nous allons un peu nous amuser, hein?* » quel ton ! j'en rougissais pour toi !

Albert, tout fâché. — Très bien ! c'est sans doute pour reconnaître toutes les occasions où j'ai eu à rougir de ta sottise.

Hectorine. — Tu vas me dire des injures maintenant !

Albert. — Non ! des vérités.

Hectorine. — Garde-les pour toi.

Albert. — Tu me dis trop bien les miennes pour que je ne m'en montre pas reconnaissant... Quoi donc ! es-tu si précieuse qu'on ne puisse te toucher?... Prenez garde, ne vous approchez pas trop de mademoiselle ; c'est un de ces objets d'un si grand prix qu'on doit se contenter de les regarder. Ne vous familiarisez pas avec mademoiselle, quand on est si précieux on ne se prodigue pas!... Cela fait pitié ! Veux-tu que je te le dise? avec ces manières-là, tu n'auras jamais une amie.

Hectorine. — Tu oublies Angelina.

Albert. — Oui : celle-là, tu ne la reçois pas avec cérémonie comme les autres ; tu l'embrasses bel et bien ; tu n'as pas pour elle assez d'expressions affectueuses. Non que tu l'aimes plus que les autres, mais parce que M. Kermoinek, son père, est un des plus riches banquiers de France, parce que dans ta vanité de petite précieuse tu es flattée qu'on te voie parcourant intimement les allées du bois de Boulogne avec Mlle Angelina, dans son magnifique landau que traînent deux chevaux d'un prix exorbitant : et pour te procurer cette misérable satisfaction tu ne recules devant aucune avance, tu irais jusqu'à t'humilier s'il le fallait.

Hectorine, outrée. — Albert, vous êtes un mauvais frère ; vous devriez vous contenter d'être un grossier collégien !

Albert, avec emportement. — Un grossier collégien vaut encore mieux qu'une petite fille qui fait la pincée à tous les instans du jour ; une petite princesse de comédie toute bouffie de son importance illusoire ; une petite péronnelle qui singe les marquises de la Pretintaille, une faiseuse d'embarras, une pimbèche enfin... voilà le mot ! tant pis pour toi, il ne fallait pas me maltraiter !

Hectorine, en pleurant. — Oh ! ceci est trop fort ! et je vais dire à maman de quelle manière affreuse vous me traitez !

(Au moment où elle va sortir la porte de l'appartement s'ouvre, et l'on voit paraître une dame d'un âge avancé et dont la toilette seule dirait l'âge par ses formes arriérées. C'est la marquise douairière de Montcornet, fort estimable, mais assez originale dans ses goûts, dont elle n'a rien voulu modifier depuis la révolution de 1793 En la voyant entrer Hectorine se précipite dans ses bras en s'écriant :)

SCÈNE VII.

HECTORINE, LA MARQUISE, ALBERT.

Hectorine. — Ah ! ma tante ! que vous arrivez à propos ! si vous saviez !...

La marquise. — Oui : j'arrive à propos, je le sais bien : j'étais là, je vous ai entendus tous les deux.

Albert, tout confus. — Je vous jure, ma tante...

La marquise. — Ne jurez rien, mon ami : vous avez un bon cœur, mais une bien terrible langue ; méfiez-vous-en, Albert, ou elle vous jouera de mauvais tours .. vous m'entendez... Allez au jardin rejoindre ces demoiselles qui vous attendent ; faites en sorte qu'elles ne se doutent pas de la scène fâcheuse qui vient d'avoir lieu entre votre sœur et vous. Les étrangers ne doivent point pénétrer dans le secret des discussions de famille ; c'est assez d'un tel malheur sans l'accroître encore par le scandale... Allez, et dans un quart d'heure revenez chercher votre sœur.

Hectorine. — Ah ! ma tante, je n'irai certes pas !...

La marquise, avec autorité. — Faites ce que je vous dis, Albert, et soyez de retour dans un quart d'heure... pas davantage. Ce temps me suffira pour ce que j'ai à dire à votre sœur.

(Albert se retire tristement.)

SCÈNE VIII.

LES PRÉCÉDENS, *moins* ALBERT.

La marquise, d'un ton très sérieux. — Ne me dis rien, ma chère amie... C'est moi qui viens m'accuser auprès de toi... Oui, j'aurais pu te faire bien du mal... heureusement tout est réparable... D'abord dis-moi si tu me pardonnes.

Hectorine. — A vous, ma tante ! qu'aurais-je à vous pardonner... à vous qui avez toujours été si bonne pour moi !...

La marquise. — Justement, mon enfant, voilà le malheur... Tu m'as voué une affection qui tient du culte, et tu t'es imaginé dans ton admiration que j'étais un modèle à suivre, et tu m'as imitée autant que possible et même au delà de ce que j'aurais cru le possible... Enfin tu as poussé ton idolâtrie à un point que je n'aurais jamais imaginé sans les explications franches que ta mère m'a données ce matin.

Hectorine. — Ai-je donc eu tort de prendre modèle sur vous, ma tante ?

La marquise. — Je le crois bien, et grand tort même !

Hectorine. — Vous ne vous trouvez donc pas bien telle que vous êtes, ma tante ?

La marquise. — Je suis bien pour moi, et à cause de mon âge et de ma première éducation on excuse mes travers ; je ne m'épargne pas, comme tu vois... et je serais inexcusable si j'étais née seulement dans ce siècle-ci... Mais d'abord sache que tout blessant qu'il est, le portrait qu'a tracé de toi monsieur ton frère est peint d'après nature...

Hectorine. — Ah ! ma tante !

La marquise. — Ecoute donc, si j'immole mon amour-propre à tes intérêts, tu me permettras bien de ne pas ménager le tien !...

Hectorine. — Vous avez bien raison, ma tante, je vous écoute sans interruption.

La marquise. — Je suis marquise, mon enfant, tu le sais, une marquise pour tout de bon... Or, à l'époque où je suis née, époque de mauvais goût, s'il en fut, je le reconnais, ce titre entraînait avec lui de singulières prérogatives, je dirais presque de singulières obligations. En première ligne se distinguait une grande affectation de manières, de langage et d'idées; une recherche perpétuelle de bizarreries, sous prétexte de distinction; des habitudes maniérées et *quintessenciées*, comme on disait alors. On mettait sa gloire à chercher sans cesse le fin du fin, le beau fin, le superfin du contre-fin. Née dans cette atmosphère, j'y ai grandi, j'y ai vécu, et probablement j'y mourrai; mais ce qui, vu le mauvais goût de l'époque, était un mérite, est aujourd'hui un ridicule inexcusable. Ce temps-ci est raisonnable, et le nôtre ne l'était guère. Autre temps, autres mœurs.

Hectorine. — Ah! ciel, que me dites-vous, ma tante?

La marquise. — La vérité, mon enfant: les six mois que tu as passés cette année à ma campagne, seule avec moi, ont bouleversé tes petites idées... Mon exemple est pernicieux, à ce qu'il paraît... mais, Dieu merci, j'ai assez de bon sens pour réparer aujourd'hui le mal que je t'ai causé. Ne l'oublie pas: la véritable distinction en toute chose est inséparable de la simplicité et du naturel. C'est un progrès... Plaise à Dieu que cela dure !

Hectorine, en embrassant sa tante. — Merci, ma bonne tante, merci: il est heureux pour moi que vous ayez tant de générosité. Ah! quel service vous me rendez! C'est comme si un bandeau tombait de mes yeux!

SCÈNE IX.

LES PRÉCÉDENS, ALBERT.

Albert, timidement à la porte du salon. — Ma tante, il y a juste un quart d'heure.

La marquise. — Eh bien! viens embrasser ta sœur, et allez gaîment jouer au jardin.

Albert, avec repentir. — J'ai été bien cruel pour toi tout à l'heure, Hectorine, me le pardonnes-tu?

Hectorine. — De tout mon cœur: d'ailleurs j'étais si sotte et si ridicule?

Albert. — Ah ! bah ! tu le reconnais ?

Hectorine. — Oui, vraiment, et pour toujours, je t'assure.

Albert, en l'embrassant avec transport. — Quel bonheur ! (En se reprenant comiquement). Tu permets, n'est-ce pas ?... Il ne te manquait que cette amélioration pour être une jeune personne accomplie et la plus aimable comme la plus aimée des sœurs.

A. DE SAILLET.

LA FERME PARTAGÉE.

—

NOMS DES PERSONNAGES.

LOUISE, fermiere, épouse de Pierre Bouleau.

JEANNETTE, sa fille aînée.

MARIE, sa fille cadette.

SUZANNE, fermière, épouse de Jean Louis Bouleau.

SOPHIE, sa fille aînée.

LUCIE, sa fille cadette.

LA MÈRE MARGUERITE, âgée de quatre-vingts ans, mère des deux fermiers.

Le théâtre représente deux salles du même corps de ferme. Dans l'une est le ménage de Pierre Bouleau, dans l'autre celui de Jean-Louis Bouleau.

La propreté, l'aisance se remarquent dans la salle premier ménage ; des poteries, des chaises cassées, des couvertures à terre montrent dans l'autre le désordre et la misère.

SCÈNE PREMIÈRE.

LOUISE et JEANNETTE, sa fille aînée.

Jeannette. — Ah ! ma mère, quelle nuit ! j'en suis encore toute tremblante.

Louise. — Depuis que j'habite ce canton, je n'ai pas vu un pareil orage.

Jeannette. — Trois de nos grands marronniers sont déracinés, le moulin du meunier voisin est entraîné, le feu du ciel a consumé trois granges dans le village de Beaupré; et mon oncle, mon pauvre oncle, sa récolte est perdue. Ma tante, mes cousines, comme elles vont être malheureuses!

Louise. — Pour moi, je respire à peine; votre père devait revenir hier de la ville. Ah! Jeannette, était-il en route? ce bon, ce brave homme, a-t-il été exposé?

SCÈNE II.

MARIE entre en courant, une lettre à la main.

Marie. — Ma mère, ma mère, une lettre de papa.

Louise. — Que le ciel soit béni!

Jeannette. — Quel bonheur!

Louise, émue, ouvre la lettre, et a de la peine à lire les premières lignes; petit à petit sa voix se rassure. — « Ma chère femme, mes bons enfans, remerciez Dieu, il m'a sauvé la vie; je suis arrivé au bord de la rivière lorsque le pont venait d'être enlevé. Un roulier et sa voiture y ont péri : j'ai repris le chemin de la ville; je vais y terminer des affaires que j'avais remises à un autre voyage. Les torrens ont été bien forts de ce côté: mais, je l'ai vu avec douleur, le gros du nuage chargé de grêle a gagné notre vallée : mon malheureux frère doit être ruiné. Je l'ai toujours dit, celui qui écoute s'il pleut est atteint par l'orage. Je lui disais encore hier à ce pauvre Jean qui voulait me forcer d'entrer au cabaret de la Croix-Blanche : « Frère, rentre donc ta récolte! » Il ne m'a pas voulu croire. Pour moi, Dieu a mis dans mon cœur un désir de hâter tout ce qui est travail, et je m'en trouve bien en ce moment. J'ai vendu mon seigle et mes foins à merveille ; si le peu de blé d'hiver que nous gardons pour notre usage est détruit par l'orage, nous avons de quoi en acheter, et nous pouvons compter encore sur le regain. Je t'envoie Lucas; il aura fait un grand détour, et n'arrivera pas de bonne heure : il te remettra mille francs. Porte bien vite cinq cents francs au receveur des impositions ; il m'a fait dire que cela l'obligerait. Elève tes filles comme j'élève mes fils, à ne pas regretter dans leur bien la partie qui appartient au prince et à l'état. Les cinq cents francs qui te resteront, je te les donne, et de bon cœur; tu es une excellente ménagère, tu les as bien gagnés. Tu dé-

sires depuis long-temps une cornette de dentelle, un déshabillé de taf-
fetas, ta Jeannette une croix... »

Jeannette, interrompant sa mère. — Ah Dieu !

Louise continue. — « Ta Marie un collier de grenat; tu peux acheter toutes ces choses. A Demain, mes bonnes amies. »

Marie. — Ah ! comme il est bon !

Louise. — Oui, mes enfans, vous avez raison d'apprécier sa bonté,
de le chérir ; il n'existe pas un meilleur mari, un meilleur père. Voyez
le sort de vos cousines ; ce pauvre Jean-Louis a les mêmes terres que
votre père, toise pour toise, pied pour pied, et la misère a suivi son
insouciance, sa paresse; elles sont bien à plaindre, vos cousines. Je
vais commencer par obéir à mon mari; je veux qu'il trouve ici la
quittance de nos impositions. Venez avec moi, Marie; et vous, Jeannette, allez voir ce qui se passe chez votre oncle, tout doit y être dans
la douleur.

SCÈNE III.

(La scène se passe dans la salle de Jean-Louis Bouleau.)
SOPHIE et LUCIE *pleurant.*

Sophie. — Où as-tu laissé ma mère ?

Lucie. — Elle allait chez le receveur.

Sophie. — Le méchant! vouloir faire payer des impositions, quand
il voit que toute notre récolte est perdue!

Lucie. — Il est sans pitié ; et depuis cette querelle qu'il eut avec
notre père pour des impôts arriérés, il est pire que jamais.

Sophie. — Ah! ma pauvre Lucie, nous demanderons notre pain
cette année. J'ai vu toute la plaine, c'est une désolation; notre seigle
est enlevé, on le voyait par gerbes entraîné dans les ruisseaux qui se
sont formés au pied de la montagne. Mon père, mes frères, avec de
grandes fourches, courent après; mais quoi! ils retireront quelques
brins; et le foin, le foin est perdu.

Lucie. — Ma mère disait bien : faut faire la récolte, faut la faire.

Sophie. — Tu le sais bien, il n'y avait pas un sou à la maison
pour les premières avances, et les journaliers vont chez notre oncle
avant tout : il paie si bien, lui !

Lucie. — que nos cousines sont heureuses ! Comme elles vont être
fières ! comme elles nous regarderont avec un air de pitié !

Sophie. — Ah ! fi, Lucie ! le malheur ne doit pas rendre injuste, car il rendrait coupable. Peux-tu dire cela de nos cousines, elles qui partagent avec nous les choses qui peuvent nous faire envie? Ce joli mouchoir que tu portes, et ton habillement du jour de Pâques, et le mien, n'est-ce pas elles qui nous les ont donnés?

Lucie. — Oui, mais il faut recevoir, et c'est dur cela.

Sophie. — Quand on n'a rien, il faut recevoir ou s'en passer ; et lorsqu'on trouve bon de recevoir une parure, il ne faut pas, ma Lucie, que la vanité nous la fasse accepter, et qu'ensuite l'orgueil nous rende ingrates.

SCÈNE IV.

LA FERMIÈRE, SUZANNE, SOPHIE, LUCIE.

Sophie. — Eh bien, ma mère?

Suzanne. — Tout est perdu, mes enfans; on va faire saisir, on va vendre nos dernières vaches. Le méchant receveur voit que l'orage vient d'achever notre ruine, il craint de ne pouvoir plus être payé. Votre pauvre père s'est laissé arriérer ; il doit quinze cents francs : si l'on n'en donne pas cinq d'ici à demain matin, tout est saisi, tout est vendu.

Sophie. — Où trouver cinq cents francs?

Suzanne. — Nulle part, il n'y faut pas songer.

Lucie. — Quel malheur affreux! Ma bone maman peut nous secourir.

Suzanne. — Elle l'a déjà fait, mes enfans ; elle nous a donné la part dont votre père devait hériter après elle.

Sophie. — Voir vendre nos vaches, nos chevaux!

Lucie. — Il faudra vendre aussi la terre, voir nos frères journaliers ; j'aimerais autant mourir.

Suzanne. — Nous travaillerons, mes filles ; nous supporterons nos malheurs.

Lucie. — Ah ! si mon père était un homme courageuv ; s'il pouvait renoncer au jeu de boule, à la raquette !

Suzanne. — Taisez-vous, Lucie, respectez votre père ; je ne veux pas une seule fois l'entendre offenser par ses enfans.

SCENE V.

LES MÊMES ; LA MÈRE MARGUERITE *appuyée sur son bâton.*

Marguerite. — Il faut donc à mon âge que j'aie la douleur de voir ce malheureux Jean-Louis et sa famille réduits à la mendicité!

Suzanne. — Ma mère...

Marguerite. — Je sais tout, je sais tout : Jean-Louis passe les instans du travail au cabaret; quand les autres font des économies, il fait des dettes. et compte pour s'acquitter sur les récoltes à venir; mais il ne sait ni prévoir ni prévenir les accidens. Tout le monde a rentré son seigle et ses foins; votre mari seul, avec sa misérable paresse, a toujours remis au lendemain. Aussi maintenant point de récolte pour lui cette année, tandis que son frère a tout vendu un quart de plus que l'année dernière.

Suzanne. — Il y a encore des moyens de nous retirer du malheur.

Marguerite. — Aucun, aucun ; voilà le prix de la négligence et de l'inconduite.

Suzanne. — Ma mère!...

Marguerite. — Ce n'est pas vous que je blâme, ma fille, mais Jean-Louis qui...

Suzanne. — Ma bonne mère, ménagez, épargnez votre fils; il est bon, il est honnête homme : le ciel ne donne pas à tous la même activité, le même courage.

Marguerite. — Je vous loue, ma fille, de le défendre ainsi; mais je suis sa mère, et j'ai le droit de prononcer sur ses défauts. Les ivrognes et les paresseux...

Sophie, regardant la porte de la maison. — Ciel! je vois le receveur qui parle à ma tante. Le méchant! comme il a l'air en colère!

SCÈNE VI.

LES MÊMES; LOUISE, JEANNETTE et MARIE, *embrassant leurs cousines.*

Suzanne. — Vous étiez avec ce cruel homme, ma sœur; il vous parlait : il veut faire saisir nos meubles et nous perdre.

Louise. — Non ; il est satisfait et va nous apporter sa quittance pour un à-compte de cinq cents francs.

Suzanne. — Et qui a donné cette somme ?

Louise. — Mes filles et moi, ma sœur ; nous sommes trop heureuses de vous prouver par là notre attachement.

Suzanne. — Ah! bonne, excellente femme! (Elle l'embrasse, les jeunes filles s'embrassent de même).

Louise. — Mon mari a vendu sa récolte ; il m'a envoyé cette somme pour nous donner quelques bagatelles qui n'auraient pas ajouté à notre bonheur ; elle est bien mieux employée.

Marguerite. — Celui qui gagne et est économe peut être généreux ; vous et votre mari en donnez la preuve, ma chère Louise. Mais quelle douleur pour moi de voir une moitié de la ferme si mal dirigée, quand l'autre l'est si bien par votre estimable mari ! Mes fils seront également riches, disait feu votre père à son heure dernière, lorsqu'en présence de notre bon pasteur et du notaire il fit le partage de ses biens. Cinquante arpens de blé à celui-ci, cinquante arpens de blé à celui-là ; vingt arpens de prairie d'un côté, vingt de l'autre ; enfin les bois furent divisés en deux lots parfaitement égaux, et il voulut que jusqu'à la grande salle du bâtiment fût séparée en deux par une cloison : tout cela était une chimère de ce bon père Bouleau. On diviserait la France en terrains parfaitement égaux, qu'au bout de trois ans il y aura des gens plus riches, d'autres plus pauvres ; et dix ans après ce partage, la société se trouverait composée de propriétaires et de journaliers. Le travail, mes enfans, l'ordre, l'économie, voilà les seules richesses. Votre propre expérience justifie le proverbe qui dit :

Tant vaut l'homme, tant vaut la terre.

MADAME CAMPAN.

LA DUCHESSE DE LONGUEVILLE.

Un grand malheur pour une femme née avec un esprit supérieur et un rang élevé dans la société, c'est d'avoir passé une partie de sa jeunesse dans un temps de factions ; il est presque impossible, quand toutes les têtes sont en fermentation, quand on n'entend parler que d'une seule chose, et quand on n'a pas la réflexion et la prudence de l'âge mûr, de conserver tout le calme d'une raison parfaite. Comment alors une jeune femme, vive et spirituelle, n'aurait-elle pas une opinion ; et comment se défendre de la soutenir, quand on sent qu'on le peut faire avec un grand avantage? On est emporté, à cet égard, pour des opinions indifférentes dans les conversations ordinaires ; que sera-ce lorsqu'il s'agit des intérêts les plus importans? Cependant, dès qu'une femme se permet de disserter, de décider sur les affaires publiques, elle s'y engage, elle s'attire la haine du parti contraire ; la voilà citée, déchirée ; elle ne craint plus de se mettre en scène ; l'injustice et le ressentiment l'attachent plus fortement à son parti ; elle se contentait de parler, maintenant elle brûle d'agir, c'est une vengeance. Rien n'altère dans une femme cette pudeur délicate et timide qui se soumet à toutes les bienséances, comme les calomnies extravagantes des factions ennemies ; on estime moins les qualités que l'on possède encore, lorsqu'elles sont méconnues, ou même disputées. Dans la jeunesse, surtout, la vertu a besoin de justice ; on attache plus de prix à la réputation qui doit honorer un long avenir ; enfin, au milieu d'un grand désordre et d'un mouvement universel, où l'on n'est occupé que d'un seul intérêt, où l'estime et la louange, dans chaque parti, ne sont accordées qu'en proportion de l'ardeur que l'on montre pour la cause qu'on défend, la tête s'enflamme, on se passionne, on se jette dans l'intrigue, dans toutes les fausses démarches et dans tous les écarts qu'elle entraîne.

Telle fut la conduite de plusieurs femmes de la cour d'Anne d'Autriche, et entre autres de la duchesse de Longueville, sœur du grand Condé. Elle était fille de Henri, prince de Condé, et de Marguerite de Montmorency. Elle épousa Henri d'Orléans, duc de Longueville, dont la famille devait son origine au brave comte de Dunois (1). Le duc, avec de l'esprit, de la valeur et beaucoup de vertus, n'aimait que le repos, mais la duchesse l'entraîna dans le parti de la fronde ; il partagea la prison du grand Condé : dès qu'il en fut sorti, il renonça pour toujours aux affaires, se retira dans ses terres, où il se fit adorer de

---

(1) Jean d'Orléans, comte de Dunois, était fils naturel de Louis, duc d'Orléans, assassiné par le duc de Bourgogne. Charles VII lui donna le comté de Longueville. Ce héros mourut en 1468.

ses vassaux et de ses voisins. C'est lui qui répondit à quelqu'un qui voulait l'engager à défendre la chasse sur ses terres aux gentilshommes du voisinage : J'aime mieux des amis que des lièvres. La duchesse de Longueville, d'un caractère bien différent, se livra avec ardeur et persévérance au parti dont elle devint l'héroïne par sa beauté, sa naissance et la hardiesse de ses démarches. Elle était, dans ce parti, ce qu'avait jadis été, dans celui de la ligue, la fameuse duchesse de Montpensier, sœur du duc de Guise, qui fut assassiné à Blois. Mais l'esprit de la ligue n'eut rien de commun avec celui de la fronde : de grands crimes, sous les règnes de Charles IX et de Henri III, avaient produi de grands ressentimens ; ce n'était pas alors un ministre qu'on attaquait, c'était un roi qu'on voulait renverser du trône ; la haine et l'esprit d'indépendance avaient exalté toutes les têtes et porté toutes les idées à l'extrême : on ne parlait que de meurtres et d'amour ; l'amitié était une passion, et l'amour et la bravoure une fureur. On se liait par des sermens terribles ; on jurait de ne jamais s'abandonner, de suivre toujours le même parti. L'absence d'un ami occasionnait un deuil ; sa mort dans les combats imposait une vengeance (1) ; les femmes exigeaient des preuves féroces d'amour ; elles ordonnaient à leurs amans de se précipiter dans la mêlée, de leur écrire avec le sang de l'ennemi, ou avec celui de leurs propres blessures. On se plaisait à faire revivre toutes les folies, toute l'audace et les excès, mais en même temps toute la générosité de l'ancienne chevalerie. On manquait de raison et de modération ; cependant tout pouvait se réparer encore et promptement. On avait de la bonne foi et de la grandeur d'âme. Le règne admirable de Henri IV apaisa les violentes animosités et contint les mécontens que la main de fer de Richelieu acheva de comprimer, tandis que l'éclat de son règne conservait l'orgueil national, le seul orgueil qui soit utile, parce qu'il n'a rien d'égoïste ; ensuite la culture des lettres, sur d'excellens principes, propagea les idées saines et justes, par conséquent une morale parfaite, et rendit la raison tellement liée aux lois, aux principes, à l'autorité royale, aux bienséances, au goût, et si vulgaire dans toutes les classes, que, pour la détruire par

---

(1) On en a vu, pour cette seule cause d'une absence de quelques mois, laisser croître leur barbe, se revêtir d'habits de deuil, et se refuser à tous les plaisirs. V. l'*Esprit de la Ligue* d'Anquetil, et tous les Mémoires de ce temps.

la suite, il a fallu refaire pour les littérateurs une nouvelle poétique, bouleverser tous les états et rompre tous les liens.

La duchesse de Montpensier avait formé la ligue ; elle se distingua dans ce parti par l'activité, la hardiesse d'un chef de rebelles et par toutes les fureurs de la haine et de la vengeance. La duchesse de Longueville n'attacha point cette importance à la cause qu'elle soutenait, et elle ne mit dans sa conduite ni cette impétuosité ni ces emportemens. Elle fit, sans beaucoup d'efforts, de grandes conquêtes pour le parti de la fronde, celles de Turenne et du duc de la Rochefoucauld. Turenne, séduit un moment, n'employa qu'à regret et faiblement son génie à combattre les troupes de son roi ; il perdit une bataille près de Châtel, contre le maréchal Duplessis-Praslin. Interrogé, long-temps après, sur cet événement par un sot impertinent qui lui demandait comment il avait pu perdre cette bataille, il répondit simplement : *Par ma faute*. Il quitta promptement le parti de la fronde, et fit sa paix avec la cour en 1651. Le duc de la Rochefoucauld (auteur du livre des *Maximes*) persista dans sa révolte jusqu'à la fin des troubles ; ce qui ne l'empêcha point, par la suite, d'obtenir les bonnes grâces et la faveur même du roi. On connaît, par l'application qu'il s'en fit à lui-même et à sa passion pour la duchesse de Longueville, ces deux vers de la tragédie d'Alcyonée :

> Pour mériter son cœur, pour plaire à ses beaux yeux.
> J'ai fait la guerre aux rois, je l'aurais faite aux dieux.

La duchesse, pour assurer la confiance du peuple de Paris pendant le siège de cette ville, alla faire ses couches à l'Hôtel-de-Ville ; le corps municipal tint sur les fonts de baptême son enfant qui reçut les noms de *Charles Paris* (1).

Quand le feu des guerres civiles fut éteint, la duchesse rentra en grâce comme tous les autres rebelles ; la clémence de la cour, la bonne foi de ce temps, qui rendirent si loyale la réconciliation des différens partis, ne laissèrent aucun nuage, aucune rancune dissimulée dans la société ; les royalistes triomphans ne s'enorgueillirent point de leur fidélité ; le pardon de la cour fut regardé comme une absolution divine qui effaçait tout, qui rétablissait entre les *errans* et les *fidèles* une parfaite égalité ; la société reprit toute son aménité, tout son

---

(1) Ce prince, à l'âge de vingt-quatre ans, fut tué au passage du Rhin.

charme, et devint même plus brillante que jamais. Le goût des plaisirs de l'esprit, et par conséquent celui des lettres, contribua beaucoup à cette heureuse et noble réunion ; l'esprit de faction, qui survit toujours à la haine, aux dissensions, se porta tout entier sur la littérature, dont cette paix acheva d'amener ces beaux jours qui devaient jeter sur la France un éclat si prodigieux. Le siècle immortel de Louis XIV était, il est vrai, commencé ; on avait vu représenter *le Cid, les Horaces* ; on avait vu déjà *le grand Condé pleurant aux vers du grand Corneille* ; mais Racine, Molière, Boileau, Pascal, Bossuet, Fénelon, La Fontaine, Quinault n'avaient encore rien produit... (1), ou n'avaient fait encore aucun de leurs chefs-d'œuvre.

La duchesse de Longueville se mit à la tête de ceux qui se battaient pour le sonnet d'*Uranie* par Voiture, contre celui de *Job* par Benserade, que défendait le prince de Conti. Le destin de la duchesse était de soutenir de mauvaises causes ; il y avait de l'élégance et de la poésie dans le sonnet de Voiture ; mais celui de Benserade, qui finit par une pensée exprimée avec tant de grâce et de délicatesse, était le meilleur.

Enfin, dégoûtée de toute discussion, la duchesse se borna à protéger des gens de lettres avec toute la vivacité d'un caractère ardent et toutes les lumières d'un esprit très étendu ; on la vit prendre une célébrité plus désirable que celle qu'elle avait eue jusqu'alors, et s'unir à ses illustres frères, le grand Condé et le prince de Conti, pour encourager les talens naissans, et pour donner au mérite reconnu d'éclatantes marques d'estime ; la piété la plus sincère acheva de calmer son âme.

Après la mort du duc de Longueville, elle quitta la cour pour se consacrer à la retraite et aux austérités de la pénitence. Elle fit bâtir une maison à Port-Royal-des-Champs pour s'y retirer ; c'était renoncer *aux pompes* et à la dissipation du monde, et non à la société et au charme des entretiens les plus solides et les plus intéressans ; on ne trouvait là que des pénitens qui avaient laissé une grande réputation dans le monde ; ils s'étaient voués à la solitude sans pouvoir s'ensevelir dans l'obscurité : malgré l'humilité chrétienne, la gloire humaine les

(1) Du moins à Paris. Les premières pièces de Molière furent jouées en province.

suivait dans leur désert, et avec d'autant plus d'éclat que, loin de la chercher, ils la dédaignaient, et c'est alors qu'elle n'est plus disputée.

La duchesse de Longueville mourut le 15 avril 1679, à soixante-un ans ; elle ne laissa point d'enfans.

MADAME LA COMTESSE DE GENLIS.

LES JEUNES FILLES.

— Vous allez quitter votre retraite, disait à Adèle Mme Dupré, son institutrice ; vous allez habiter Paris ; là tous les objets qui frapperont vos regards seront nouveaux pour vous ; à cette vie calme que vous couliez près de moi va succéder une existence agitée ; des plaisirs bruyans vont remplacer vos douces distractions ; le monde qui va vous entourer ne ressemblera pas à vos jeunes compagnes, si simples, si naïves, si empressées à vous chérir : et vous paraissez contente de nous quitter pour cette existence nouvelle ! Accoutumée à vous trouver heureuse sans avoir jamais pensé aux moyens de l'être, vous croyez que partout le bonheur doit vous suivre. Oh ! tant mieux si vos espérances se réalisent, mon Adèle, mon élève chérie!

Et Mme Dupré embrassait son élève qui venait de toucher sa dix-septième année. Adèle lui répondait, émue jusqu'aux larmes :

— Oui, je vais vous quitter, mon amie, ma mère! vous qui m'en avez servi ; je vais vous quitter, vous qui m'avez élevée depuis que mon cœur a senti ses premiers battemens ; mais, nous le savions, ma famille devait me réclamer un jour. Allez, mon cœur ne sera jamais séparé de vous. Dites-moi, que semblez-vous craindre pour votre élève? il y a dans vos paroles un accent qui me dit: là tu peux n'être pas si heureuse qu'ici. Cependant je vais dans le pays des arts, de la science, moi que vous avez accoutumée à les chérir, à les cultiver; là je vais apprendre à les mieux sentir. Vous m'avez parlé souvent de ces fêtes que l'imagination ne peut se figurer belles comme elles le sont : je vais les voir ! Ces artistes, ces hommes de génie dont les travaux nous occupaient tant ici, je vais les connaître et m'embraser peut-être du feu qui les anime eux-mêmes. Vous m'avez parlé souvent de ces acteurs célèbres qui prêtent aux chefs-d'œuvre dramatiques l'appui de leur talent sur la scène : je vais les entendre, je vais admirer ces belles pages qui décorent les immenses galeries du Louvre ; il me semble qu'à Paris on n'a pas assez d'une existence pour voir, étudier et sentir. Oh ! mon amie, si je pouvais vous emporter avec moi, il ne manquerait rien à mon bonheur.

— Eh bien ! mon enfant, quoique absente nous serons ensemble, vous me direz toutes vos émotions, je vous donnerai mes conseils ; ainsi nos âmes se touchant encore, nous ne serons pas séparées.

Le jour du départ est fixé ; Mme Dupré, ne voulant pas déflorer les illusions d'Adèle, s'abstint de lui montrer toutes ses inquiétudes.

— L'expérience, disait la noble institutrice, doit servir d'égide à la jeunesse et non d'effroi ; la pureté, c'est d'ignorer même que le mal existe ; sachons donc guider une jeune fille dans le monde de manière à ce qu'elle échappe au danger sans le connaître.

Adèle partit ; elle partit le cœur tout ému, bien des larmes y disputaient la place que la joie voulait y prendre. Le charme de la nouveauté a pour une jeune fille un attrait irrésistible ; sa curiosité est une corde de son âme qu'on peut faire vibrer à chaque instant sans craindre de la briser ; que de motifs pour exercer cette faculté infinie dans ses besoins comme dans ses ressources !

Adèle avait passé toute sa jeunesse à quelques lieues de la ville de Saint-Germain, dans un ancien couvent qui depuis l'âge de dix ans était sa prison. La voilà sortie de cette retraite, la voilà sur la route de Saint-Germain à Paris. Tout est beau sur cette route ; la Seine ornée d'îles charmantes prend le voyageur au pied du coteau, et serpente durant plus d'une lieue à ses côtés, tandis que d'un autre il peut reposer ses regards sur des habitations pittoresquement jetées çà et là ; un moment il est effrayé par cette machine bruyante et compliquée qui donne une idée des progrès qu'à faits l'industrie dans ce genre depuis Louis XIV, pour qui tous ces rouages furent inventés lorsqu'il voulut fixer son royal séjour à Versailles. Un peu plus loin, en élevant ses yeux sur la montagne, on aperçoit les aqueducs de Marly, monument si grandiose qu'on le prendrait pour un temple des anciens élevé à leurs dieux ; enfin, le beau Calvaire, qui rappelle tant de souvenirs religieux aux chrétiens ; puis, après avoir traversé des champs

de roses, la route de Paris se présenta, cette route magnifique, qui a
pour but la demeure de nos rois et pour barrière un arc triomphal,
monument élevé à toutes gloires françaises.

Adèle n'avait point asssez de regards pour les fixer sur ce monument, pour les plonger dans la route qui s'éloignait d'elle, et son impatience à pénétrer dans la belle ville qu'elle allait parcourir le dis-
putait à son désir de rester devant les objet de son admiration, devant
les belles sculptures si énergiquement composées. Mais la voiture
avance, avance encore; l'obélisque se présente alors. Adèle n'était pas
insensible, elle, à ce monument antique, apporté du lieu qui vit poser sa première et sa dernière pierre. Cette colonne jumelle, élevée en
l'honneur d'un temple égyptien, rappelait à la jeune fille les pensées
d'Homère sur la superbe Thèbes aux cent portes, aujourd'hui réduite
à un village obscur, dont on a fait disparaître ces deux monumens
antiques, comme n'étant plus digne de les posséder.

—Ici cette obélisque, disait-elle, que nos Français ont été chercher
dans sa patrie. Ah! elle ne devait pas se briser en route; pour leur
servir de litière n'avait-elle pas les lauriers que nos soldats, nos artistes, nos savans avaient moissonnés sur la terre d'Egypte? Aussi la
voilà debout, tenant au sol français, fière comme un mât qui porterait
à son sommet un trésor unique ; en effet, notre gloire n'y est-elle pas
inscrite? les noms que ce trophée rappelle n'effaceraient-ils pas par
leur nombre ces sculptures qui le couvrent?

La voiture marchait toujours. Adèle tourne les yeux, la place Ven-
dôme se découvre.

— Oh! le voilà, dit-elle, revenu sur la colonne de bronze !...

Adèle était fille d'un soldat de l'empereur; son père avait été fait
officier-général sur le champ de bataille de Marengo, dans cette célèbre
journée du 25 juin 1800, qui décida du sort de l'Italie et de l'armée
autrichienne, et livra à la France le Piémont et la Lombardie.

On arrive, la voiture s'arrête; son oncle la reçoit dans ses bras dans
la demeure de ses parens; son oncle était seul connu d'elle; son oncle était un ancien négociant que sa femme et ses filles avaient amené un peu malgré lui dans la Chaussée-d'Antin. Possesseur d'une
fortune bien assise, qui pouvait s'élever à 50,000 fr. de rente, il voulait vivre heureux et tranquille, et il pensait qu'en faisant la volonté
des autres on s'évitait beaucoup d'ennui; d'ailleurs, au milieu du

monde élégant de Paris, il conservait ses goûts : il voyait ses anciens amis du Marais, laissant sa femme et ses filles s'entourer de fashionables, pourvu qu'ils fussent de bonnes mœurs et de bonne conduite. La famille de Bonneville se composait de M. Bonneville, de deux filles âgées l'une de vingt-un ans, l'autre de vingt-trois ans, et d'un fils de vingt-sept ans, qui n'avait pas voulu se faire négociant comme son père. Alfred avait préféré la carrière des armes ; au moment où Adèle arriva dans la famille, le jeune homme était à son régiment.

Mme Bonneville était une femme grande, maigre et d'un abord très froid. Pour ses filles, sur leur visage était répandu une sorte de tristesse qu'on ne pouvait définir, car cette tristesse ne paraissait pas tenir à un chagrin véritable ; c'était une langueur, une sorte de souffrance qui ne révélait pas une douleur aiguë ni réelle, mais qui empêchait de croire à la santé ; l'une était blonde, l'autre brune : la blonde portait des boucles de ses beaux cheveux qui descendaient jusque sur sa poitrine ; la brune couvrait ses joues avec des bandeaux dont aucun cheveu ne s'échappait. Dans des robes d'une étoffe insaisissable, leur taille était dissimulée ; leur poitrine, d'où s'échappaient des respirations entrecoupées, se courbait comme oppressée sous un poids moral, et leurs épaules, par la flexion de leur col, s'arrondissaient sous le demi-mantelet de soie noire qui les couvrait. Leurs mains blanches et maigres étaient enveloppées de mitaines de filet noir ; elles avaient devant elles un tablier noir, un velours noir à leur col ; enfin tout ce noir sur la toilette n'était pas encore aussi triste que leurs traits, et lorsque Adèle arriva leste et riante au milieu de sa famille, elle sembla un rayon de soleil qui se reflète sur des objets obscurs.

Mais nous avons oublié de faire connaître Adèle. La taille de notre jeune pensionnaire était assez élevée, bien prise, mais un peu forte relativement à la mode ; un sculpteur l'eût trouvée proportionnée : jusqu'à dix-sept ans jamais on ne l'avait gênée ; sa poitrine s'était développée sans cuirasse meurtrière. Adèle avait un teint, comme le disaient les poètes d'autrefois, de lis et de rose ; de beaux cheveux châtains, plaqués sans beaucoup d'art sur ses joues vermeilles, faisaient sa coiffure, et, pour venir à Paris, elle avait mis sa plus belle robe blanche. Mme Bonneville lui baisa le front et ses deux demoiselles lui offrirent le leur ; on la pria de s'asseoir, on lui offrit à déjeuner, et là se bornèrent toutes les amitiés de sa famille. Mais l'oncle d'Adèle qui avait conservé, malgré la mode, du goût pour les jeunes filles fraîches et gaies, la dédommagea bien de la froideur de ses filles.

Adèle avait pourtant senti de la gêne au cœur. On la conduisit bientôt dans la chambre qui lui était destinée : cette chambre donnait sur une petite cour à peine éclairée ; l'appartement de son oncle était magnifique pourtant, mais tout était livré au luxe ; les salons, les antichambres, les boudoirs, les cabinets de travail et les chambres à coucher pour monsieur, pour madame, pour ces demoiselles, tout cela n'avait laissé libre que le petit coin qu'on offrait à la nièce. Le fils de la maison était forcé d'habiter les gouttières, et c'était très rarement aussi qu'il y venait. Adèle, renfermée dans cette chambre obscure devenue la sienne, se mit à réfléchir, car à dix-sept ans rien ne porte à réfléchir sérieusement comme une chambre triste. Là, elle pensa à sa jolie cellule d'où elle découvrait un ciel si beau ! une campagne si belle ! elle songea au jardin spacieux qu'elle parcourait cent fois le jour, à ses compagnes qu'elle trouvait sur son passage joyeuses et aimantes, qui l'embrassaient si tendrement lorsqu'un petit chagrin la frappait ; elle pensa surtout à son amie qui lui avait dit en partant : « Vous croyez que partout le bonheur doit vous suivre. » Un sentiment de vague tristesse s'empara d'Adèle, et, pour la première fois de sa vie, elle sentit du vague dans son cœur ; elle jeta les yeux sur une glace et se trouva mal dans ses habits de fête : sa coiffure lui parut laide, sa robe fanée, son fichu de mauvais goût. On vint la chercher, elle avait pleuré ; son oncle l'embrassa avec tendresse, il fut le seul qui s'aperçût de sa tristesse. Mme Bonneville et ses filles avaient fait une grande toilette : on devait aller le soir à l'Opéra.

M. Bonneville, sachant que cette nouvelle devait faire diversion aux petites pensées tristes de sa nièce, lui demanda si elle était musicienne ; sur sa réponse affirmative, il lui annonça qu'elle allait entendre la plus belle musique qu'on puisse voir, *Guillaume Tell*. A cette nouvelle, Adèle oublia sa cellule, ses compagnes, son amie, pour ne penser qu'à l'Opéra.

— A l'Opéra ! mon oncle, ah ! quel bonheur !

Et elle sautait de joie dans le salon, embrassait son oncle comme s'il venait de lui apprendre un bonheur qui tenait de sa vie. En effet, n'est-ce pas un bonheur pour une fille de dix-sept ans, naïve et spiri-

tuelle, d'assister à un beau spectacle? Dans le salon se trouvaient les
deux cousines d'Adèle et un jeune homme aux cheveux longs et bou-
clés, portant moustaches et barbiche, et qui à sa boutonnière, à défaut de croix d'honneur, attachait un lorgnon, quoiqu'il y vît très
bien ; la joie de la jeune fille l'interrompit au milieu d'une strophe
qu'il récitait à Amélie (c'était la blonde), tandis que Zélie l'écrivait.
Le jeune homme s'arrête, lorgne la petite rieuse, et demande ce que
fait cette jeune fille qui pouvait rire ainsi.

— Une parente de province, répond Amélie.

— Elle a une fraîcheur...

— De campagnarde, dit Zélie ; sa taille... est des plus communes,
continua-t-elle.

— Oh ! sans doute, reprend le poète, qui voulait être applaudi.

Adèle ne vit pas qu'on la critiquait; occupée du plaisir qui se préparait, elle n'en voulait qu'à la pendule, qui ne marquait pas l'heure
du départ. Enfin, le dîner est servi, on se met à table, on en sort, on
monte en voiture, on arrive... on arrive au théâtre Adèle, pour son
début, allait voir la plus belle scène du monde.

La loge s'ouvre, la mère et les filles se placent au premier rang,
Adèle reste sur le second aux côtés de son oncle; elle promène ses
regards étonnés et ravis sur cette salle si vaste, si élégante, si bien dé-
corée; elle voit ce rideau qui va bientôt se lever et montrer au public ce que l'art a imaginé de plus beau, la réunion de tous les talens,
de tous les arts; le poète, le compositeur, l'acteur, l'exécutant, le
peintre, le machiniste, tous se sont réunis là pour représenter une
œuvre complète. Que de génies, que de talens, que de peines exploi-
tées par le spectateur! Comprend-il bien, celui qui assiste à une re-
présentation dramatique, ce qu'ont coûté de veilles et d'efforts les jouissances qu'on lui donne? Ah! notre jeune Adèle n'avait pas analysé
tout cela, mais le premier coup d'archet qui sortit de l'orchestre la
fit tressaillir jusque dans l'âme. Quelle émotion cette musique superbe
lui fit! elle s'identifiait avec le héros, elle n'osait respirer; on parlait
autour d'elle, elle n'avait d'attention que pour la scène ; elle eût voulu
avoir cent yeux pour voir, cent intelligences pour comprendre; elle
applaudissait avec ardeur; elle pleurait à chaudes larmes. Ah! qu'il
est beau cet âge avec toute sa naïveté, toute sa chaleur virginale !
Pendant qu'Adèle pleurait, ses cousines étaient sérieuses, causant

avec le jeune poète aux longs cheveux qui les avait accompagnées, trouvant dans le poème des vers trop classiques, et seulement par intervalle, quand le public en masse applaudissait, se permettant de dire froidement :

— C'est très beau !

Adèle ne regarda ses cousines que dans l'entr'acte ; elle fut bien étonnée de les voir aussi calmes que le matin sur le canapé ; elle cherchait à parler de ce qu'elle sentait. Il est si bon de dire à dix-sept ans qu'on est heureux quand c'est vrai ! Personne ne fit attention à ce qu'elle disait ; ces dames faisaient mouvoir leurs éventails, saluaient à droite et à gauche, se plaignaient de la chaleur, critiquaient les cantatrices et surtout leur toilette qui n'était plus fraîche. Adèle s'isola et tomba dans une douce rêverie ; elle se redisait tout bas les motifs qu'elle venait d'entendre ; elle voulait les emporter avec elle.

Une seule personne observait cette jeune fille, élevée dans la retraite, si sensible aux beautés qu'elle venait d'entendre pour la première fois, tandis que les autres jeunes filles étaient si froides. M. Bonneville ne comprenait pas bien le motif de cette dissemblance entre sa nièce et ses filles.

— Tu trouves donc cela bien beau ? dit-il tout bas à Adèle.

— Oh ! mon oncle, répondit-elle avec une émotion visible.

— Mon père, vous m'allez maudire... murmura-t-elle tout bas en versant des pleurs.

Les jeunes filles se retournèrent, et avec un grand éclat de rire elles s'écrièrent :

— Elle est folle, la cousine !

Un coup d'œil sévère de leur père paralysa leur gaîté.

— On doit donc, dit Adèle tout bas à son oncle, écouter cette belle musique sans émotion ?

— Laisse-les, mon enfant, dit M. Bonneville, laisse-les minauder, puisque tel le veut la mode, et reste franche et expressive comme la nature t'a faite, il aurait pu ajouter, ton éducation.

On se retira ; Adèle rêva de symphonie, de cor, de décoration, de danse, mais surtout des beaux airs chantés par Nourrit, tant aimé du vrai connaisseur, et si regrettable malgré l'admirable talent qui le remplace. Adèle, à son réveil, courut au salon et se plaça au piano ; elle trouve les partitions de l'opéra qu'elle avait entendu, et, heureuse une seconde fois, elle les redit comme elle peut, suppléant avec ses souvenirs des jouissances de la veille ce qui pouvait manquer à celles du jour.

A neuf heures Amélie paraît, un livre à la main ; les deux jeunes filles s'approchent.

— Ma cousine, lui dit Amélie, vous avez fait scandale hier à l'Opéra ; il n'est pas de bon ton qu'une jeune fille pleure et applaudisse, ainsi que vous l'avez fait hier devant une assemblée.

— Ah ! dit Adèle, quand on est émue il ne faut pas le paraître ?

— Sans doute, ma chère cousine ; du fond de votre retraite vous n'avez pu apprendre ce qu'est aujourd'hui une jeune fille de Paris ; je vais vous le dire, afin que vous puissiez vous former à nos habitudes et à nos mœurs. Le siècle est sérieux, ma chère, dit-elle en appuyant l'un de ses bras sur le piano devant lequel était assise Adèle, très sérieux, et nous avons dû, nous jeunes filles de notre siècle, pour ne pas rester en arrière, nous faire sérieuses aussi.

Adèle ouvrait de grands yeux étonnés.

— Nous ne sommes plus au temps, ma cousine, où les jeunes filles chantaient en rond pour danser une ariette gaie et légère, où il suffisait de mettre un bandeau sur les yeux pour se croire déguisée, où l'on passait des heures à faire de plusieurs mains une pyramide pour faire payer une amende à celle qui se laissait toucher ; enfin les ombres chinoises n'amusent plus que les enfans sur le bras de leur nourrice ; nous ne sommes plus au temps où les femmes lisaient des contes de fées pour morale et des histoires de revenans pour avoir des émotions. Il nous faut à nous, filles sérieuses, il nous faut des livres où les passions de l'homme sont développées, des romans pour nous peindre et nous faire comprendre les vertus et les crimes, pour nous révéler l'existence de douleur qui doit être la nôtre. Nous savons, nous, que nous serons opprimées par un maître auquel la loi donne le nom d'époux, que notre sort est de lui obéir comme une esclave ; enfin, que la tristesse doit être notre partage pendant notre existence de femme, parce que nous ne trouverons pas un cœur d'homme qui nous comprenne...

Changeant de position et levant ses yeux, elle continua avec une voix oppressée :

— Vous concevez alors qu'avec de telles certitudes nous ne nous

abandonnions pas à ces plaisirs enfantins qui charmaient nos ancêtres.

— Mais, répond Adèle sans quitter le piano, parce que quelques
romans propagent les idées que vous énoncez, ma cousine, est-il dit
pour cela que ces idées soient justes? Les romans ne sont pas des livres
d'histoire; ce genre de production que je ne connais pas, on me l'a
dit, était le cadre qu'un auteur prenait pour livrer au public ce que
son imagination folle ou raisonnable lui inspire; si vous tombez sur
des folies, vous ne devez pas les croire. Nous serons, dites-vous, opprimées, malheureuses, et une femme ne peut pas rencontrer un cœur
digne du sien. Voilà une pensée que je n'accepterai que lorsqu'il me
sera bien prouvé qu'elle est vraie; jusque-là je douterai, et j'espère
ne jamais me convaincre.

— Il y a des auteurs, répond Amélie, dont le talent est une garan-
tie; en les lisant on trouve au fond du cœur un écho de leurs pensées
mélancoliques.

— Lorsqu'on lit des ouvrages qui parlent de bonheur, on trouve
en soi-même aussi une voix qui leur répond.

— Ils me font mal, à moi, ces livres qui peignent le bonheur.

— Parce que vous voulez, ma cousine, croire que vous serez malheureuse; et, je vous le demande, qui peut vous inspirer cette mauvaise pensée? vous êtes jeune, vous êtes riche et vous seriez jolie si
vous n'étiez pas malade.

— Je ne suis pas malade, Adèle, répond Amélie un peu fâchée.

— Ah! tant mieux, reprend Adèle; si je l'ai cru c'est qu'à la pension on disait malades les jeunes filles pâles comme vous.

— Vous ignorez, ma chère, lui dit Amélie, que la pâleur est un
charme à Paris, et qu'une fille de bon ton serait désolée d'avoir de belles couleurs; la pâleur dénote une âme sensible, et dans ce temps
sérieux et poétique la sensibilité est la première vertu.

— Ah! c'est très bien, dit Adèle; vous qui êtes si pâle, ma cousine, vous devez être bien sensible alors!

— Hélas! reprend Amélie en levant les yeux au ciel.

— Comment se fait-il que vous n'ayez pas versé une larme hier à
Guillaume Tell?

— Fi! ma chère, reprend la jeune personne avec dédain, est-ce que
nous, filles sérieuses, nous épuisons notre âme sur des riens? Pour

nous émouvoir au théâtre, il nous faut la peinture des passions intimes de notre âme, et, pour rendre ces scènes brûlantes et dignes de nous, il faut que le poëte emprunte les accens de la seule femme qui comprenne ce genre sublime, la divine Dorval ; c'est par elle qu'on se sent émue, c'est par elle qu'on verse des larmes.

— Quel est le plus beau théâtre de Paris, ma consine? demanda Adèle.

— Les Français, répond Amélie, quoiqu'on y joue Racine.

— Racine! oh! que je serais fâchée qu'il fût exilé! je l'aimais tant à la pension!

— Vous l'avez lu?

— Pour récompense on me permettait d'apprendre ses beaux vers.

— Je vous fais compliment de votre patience. Du reste, ma cousine, vous ferez connaissance avec nos auteurs nouveaux ; mais je vous conseille de ne pas montrer avec tant de franchise vos émotions.

— Je ne sais si cela me sera possible, reprend Adèle; la personne qui m'a élevée m'a accoutumée à exprimer sans contrainte ce que je sentais; il est vrai que ça n'était pas en public, mais au milieu de campagnes toutes gaies et franches comme moi.

— Ici, reprend Amélie, les mœurs ne sont pas les mêmes, on nous élève à renfermer toutes nos sensations en nous-mêmes.

— Oui, je vois ce que vous faites; alors, pour avoir moins de peine à dissimuler, vous vous accoutumez à moins sentir.

— Comme je vous le disais, nous ne versons pas de larmes pour rien. Mais remettez-vous au piano, moi je vais continuer ma lecture.

— Que lisez-vous là, ma cousine? dit Adèle.

— L'ouvrage d'une femme célèbre, de George Sand.

— Tiens! elle s'appelle George! c'est le nom d'un homme.

— Elle en a le génie, reprend Amélie en levant les yeux pour les baisser sur le volume qu'elle ouvrit.

La jeune fille, après avoir parcouru quelques lignes, tomba dans une profonde méditation. Adèle préludait, de douces modulations sortaient de sa pensée et de ses jolis doigts; quelques-uns des beaux accords de Rossini s'y trouvaient placés au hasard. M. Bonneville entra, charmé des fantaisies brillantes qu'exécutait Adèle:

— Bien, très bien, mon enfant, lui dit-il assez fort pour lui faire peur, je suis charmé de ton talent.

Il embrassa sa nièce et se tourna vers sa fille qui avait les yeux fixés immobiles sur le parquet, pâle et triste comme la mort.

— Qu'avez-vous donc, ma fille ? dit M. Bonneville presque effrayé, qu'avez-vous qui vous afflige ainsi ?

— Mon père, dit-elle, je réfléchis sur l'existence.

— Ah ! très bien ! et dites-moi où vous prenez, vous, de l'existence, une opinion de nature à vous tant attrister ?

Il prend le livre, le jette loin de lui.

— Toujours de dangereux romans ! dit-il avec humeur...

Adèle peu à peu s'accoutuma à l'allure de ses cousines : elle vit qu'elles étaient tristes sans raison de l'être, pâles sans souffrance ; que c'était un travers et non une calamité, aussi n'en fut-elle ni moins gaie ni moins fraîche ; elle se consolait du peu de sympathie qui existait entre elle et ses jeunes cousines par l'amitié que son oncle lui témoignait. Adèle avait remplacé son fils près de lui, aussi la nommait-il son gamin ; elle l'accompagnait à la promenade, soit à pied, soit à cheval, soit dans les rues de Paris, courant tous les monumens d'art, voyant tout ce qui pouvait instruire sa nièce et ce qui pouvait l'intéresser. Ainsi ils visitaient ensemble les manufactures, les écoles, les métiers, les hospices même ; ils revenaient tous deux ayant acquis quelques observations sérieuses qui ne les avaient pas attristés. Adèle, malgré l'exemple de ses cousines, resta simple et gaie; pour cela elle ne dédaigna pas les jolies toilettes ; mais elle conserva, pour les plus belles étoffes, les formes nobles et gracieuses qu'on lui avait vues dans sa robe de pensionnaire, et les belles nuances de son teint, malgré la mode, effaçaient quelquefois la fraîcheur de son chapeau rose ; c'est ainsi que M. Bonneville la présenta à son fils, à qui il la destinait en secret ; c'est ainsi qu'Alfred fut charmé de la femme que son père lui avait choisie, et qu'Adèle devint l'heureuse épouse d'un jeune et bel officier qui ne pensait pas qu'une femme, pour être sensible et bonne, dût être pâle et triste. Quant aux sœurs d'Alfred, l'une ne se maria pas, à cause de sa santé trop faible ; l'autre avait attendu si long-temps le cœur qui devait comprendre le sien, qu'elle finit par être forcée d'y renoncer, et se fit poète pour se consoler.

MADAME ACHILLE COMTE.

LA CHARITÉ.

Donnez, riches, l'aumône est sœur de la prière !

. . . .

Donnez, afin que Dieu qui dote les familles
Donne à vos fils la force, et la grâce à vos filles !

V. Hugo.

— Eh bien ! mon Paul, dit le comte de Rivière à son fils un de ces derniers dimanches, qu'est-ce que j'apprends ? Trois heures de marche sans voiture, et tu ne te plains pas de la fatigue ! C'est un immense progrès ! Aussi, vois, mon enfant, et il le présentait devant la glace : vois comme tu es frais et rose. Mais tu as pleuré, Paul ?

— Oui, père, oui, j'ai pleuré, mais de pitié, de compassion.

— Conte-moi donc cela, dit le bon père en l'embrassant.

— Mais, père, tu m'as si souvent commandé de ne pas parler de moi ! dit l'enfant un peu confus.

— Oui, mon Paul, aux étrangers, oui ! Mais à son père un enfant doit tout dire, même le mal, pour se le faire pardonner.

— Eh bien ! père, reprit timidement le jeune garçon, tu m'avais donné deux francs pour prendre une voiture en allant ou en revenant, comme je le voudrais ; moi, paresseux que j'étais, j'avais réservé la voiture pour le retour, et j'avais demandé à Auguste de me conduire à pied. Je savais, de te l'avoir entendu dire, que la Seine charriait, j'ai désiré de passer par les quais, afin de regarder à mon aise les glaçons ; c'est pour cela que nous avons traversé le pont Notre-Dame. C'est bien triste à voir, je t'assure, les ponts pendant l'hiver. D'abord il y fait bien plus froid qu'ailleurs, comme me l'a expliqué Auguste, parce qu'il n'y a pas de maisons qui abritent la bise, et que le voisinage de l'eau refroidit encore l'air. Et puis ces pauvres marchands sont là, tous gelés et transis, et on ne leur achète rien, parce qu'il fait trop froid pour que les passans s'arrêtent. Moi, je ne sentais pas trop le vent, parce que j'ai un bon gilet de laine, et par dessus une bonne veste et encore un bon gros paletot bien fourré ; mais il y avait là des hommes vêtus de pantalons d'été déchirés, troués ; des infirmes qui, la tête découverte, demandaient l'aumône ; de malheureux enfans qui, sous leurs guenilles, riaient d'un rire qui faisoit mal à voir; et des femmes, de pauvres femmes, père, avec de vieilles robes d'indienne, qui grelottaient de froid et aussi de faim sans souffler mot, parce qu'à Paris, Auguste me l'a dit encore, on peut mourir de faim, c'est permis, mais il est bien défendu de le dire.

— Mais tu ne m'as pas appris encore comment il s'est fait que tu sois revenu à pied.

— Voici, père : je ne m'amusais plus au Jardin-des-Plantes, parce que je pensais toujours aux souffrances des pauvres des ponts; j'émiettais du pain aux oiseaux qui devaient avoir bien faim aussi, car ils étaient bien peu sauvages aujourd'hui, et deux sont venus becqueter jusque dans ma main; mais je sentais que si je faisais bien de nourrir ces pauvres petites bêtes à qui la terre couverte de neige ne donne plus ni grains ni vermisseaux, je ferais mieux encore en secourant des hommes, et voilà que tout à coup ceci m'est venu à l'esprit : Mon père m'a dit tant de fois que l'exercice était une excellente chose pour la santé! il ne sera pas mécontent si je reviens à pied; il n'y a donc que moi qui serai un peu fatigué, mais est-ce que je ne serais pas honteux de ne pas savoir marcher une heure de plus pour faire du bien! Je fis surtout cette réflexion en rencontrant plus loin sur mon chemin l'un de ces pauvres estropiés qui, conduit par la nécessité d'obtenir quelques sous de la charité publique, avait trouvé le moyen de me devancer malgré ses béquilles! J'ai bien ruminé cela dans ma tête, puis j'ai prévenu Auguste, qui a consenti à mon projet. Alors nous sommes revenus par les quais et les ponts, et tu devines ma joie; cet arrangement me donnait un trésor, j'avais ainsi quarante sous à distribuer aux pauvres. J'aurais bien acheté du pain et je l'aurais donné, mais les pauvres ne me connaissant pas, cela les aurait peut-être fâchés, et puis tu m'as dit si souvent qu'il faut être charitable avec discrétion!

— Oui, mon enfant, oui! c'est bien ce que je t'ai dit : il faut être charitable et surtout l'être sans ostentation, et ménager l'amour-propre de ceux que l'on secourt.

Mais comment as-tu employé ton argent?

— Oh! cela n'a pas été difficile. Il y avait de temps en temps le long des quais de pauvres enfans, des petits garçons ou des petites filles bien jeunes, bien pauvrement vêtus, qui avaient au cou une petite boîte suspendue à une mauvaise ficelle et où se trouvaient des allumettes chimiques ; ils pleuraient de froid, et leurs larmes gelaient sur leurs joues. Ces pauvres enfans étaient orphelins peut-être ; oh ! quel malheur d'être orphelin ! A cette pensée, mon cœur s'est serré... D'ailleurs j'étais bien sûr de ne pas me tromper en jugeant qu'ils n'étaient pas heureux : aussi, quand je passais devant un de ces pauvres petits marchands, je lui achetais pour trois ou quatre sous d'allumettes, puis je les lui laissais en disant que je les prendrais à mon retour ; de façon qu'ils n'avaient pas l'air de recevoir l'aumône.

— Ah ! mon enfant ! voilà de la délicatesse dans la charité ; Dieu te bénira pour cette idée-là.

— M. le vicomte ne vous dit pas, ajouta Auguste qui venait de rentrer, qu'en repassant sur le pont Notre-Dame il se trouvait là un marchand de pommes de terre cuites à l'eau, qui se vendent un sou la livre ; il y avait auprès quelques pauvres enfans qui jetaient sur la marmite des regards de convoitise ; M. Paul s'est approché, a donné ce qui lui restait d'argent au marchand, puis a demandé à ces enfans s'ils voulaient partager avec lui, et tout a bientôt, sous prétexte de partage, passé dans leurs mains.

— Eh bien ! qu'est-ce qu'il a besoin de raconter tout cela, Auguste ?

— Oh ! mon Paul, je suis fier de toi.

— Mais c'est bien naturel, père, ce que j'ai fait : il y a tant de plaisir à être charitable ! D'ailleurs, en cela je n'ai d'autre mérite que d'avoir suivi tes conseils et ton exemple.

— Oui, mais je te sais gré de ta délicatesse à faire accepter tes dons.

— Eh bien ! maintenant, père, j'ai encore quelque chose à te demander.

— Parle, mon fils, parle ; est-ce d'augmenter l'argent de tes menus plaisirs ? Je le double.

— Merci pour les pauvres, père ; mais ce n'est pas cela, je te demande de gronder un peu Auguste.

— Auguste, mon fils ?

— Moi, monsieur le vicomte, est-ce parce que je vous ai mené, en revenant, jusqu'au carré Saint-Martin ?

— Ah ! oui, j'oubliais, père ! nous avons passé par le carré Saint-Martin, un endroit où il fait presque aussi froid que sur les ponts, et où il y a encore plus de malheureux. Mais ce n'est pas pour cela que je te demande de gronder Auguste, c'est parce que lui il est charitable en sournois.

— Comment cela, Paul?

— Oui, père; je n'avais que quarante sous à dépenser, et tout à l'heure, en me rappelant à peu près l'emploi de cet argent, je me suis aperçu que j'avais donné au moins trois francs! C'était Auguste qui avait la monnaie et me la donnait à mesure; à ce compte il a, sans rien dire, ajouté un franc de sa poche. Et c'est d'autant plus mal qu'il me l'a laissé donner comme si cela venait de moi.

MADAME ELGÉNIE D'ARTHEN.

Madame la duchesse d'Orléans a fait parvenir à l'auteur des *Enfantines* un riche présent, témoignage flatteur de l'estime que S. A. R., si parfaite appréciatrice du mérite, fait de l'auteur et de ses délicieuses poésies. L'envoi du volume (1) que Mme Anaïs Ségalas offrait au comte de Paris était accompagné de la dédicace suivante où son talent, toujours si gracieux, s'est surpassé lui-même. Nous croyons être agréable à nos lectrices en leur communiquant cette pièce :

AU COMTE DE PARIS.

Mon prince aux blonds cheveux, protégez ces chansons,
Ces hymnes roses, blancs, frêles comme l'enfance.
Je les ai pris au vol, ces légers papillons,
Pour les petits enfans, anges de nos maisons,
Comme vous êtes, vous, l'ange de notre France.

Puis ils sont pour ma fille aux naïfs et beaux yeux,
Colombe du Seigneur, qui vole sur nos branches :
Il leur faut un appui chaste, pur, gracieux,
Un prince encore enfant, nouveau venu des cieux,
Laissez-les s'abriter sous vos deux ailes blanches.

---

(1) En vente chez Mme veuve L. Janet, rue Saint-Jacques, la deuxième édition des *Enfantines*. Un vol. in-18 orné de gravures anglaises sur acier. Prix : 3 fr. 50 c.

Votre mère sans doute, avec sa douce voix,
Vous dit des chants plus frais, petit enfant qu'elle aime ;
Car sur son noble front Dieu voulut à la fois
Mettre la poésie et la splendeur des rois,
Et poser une étoile auprès d'un diadème.

Elle doit chaque jour, en ouvrant vos rideaux,
Frère des séraphins, âme candide et neuve,
Saisir des rêves d'or, des hymnes purs et beaux.
Vous êtes le plus fin de ses riches joyaux,
Le diamant qui luit sur son voile de veuve !

Oh ! prenez-la souvent dans vos bras adorés !
Ses jours seront plus doux, ses larmes moins amères ;
Comme des gouttes d'eau sous des rayons dorés,
Ses pleurs se sécheront quand vous lui sourirez :
Les sourires d'enfans sont les soleils des mères.

Ange, un sourire aussi pour ces chants des berceaux :
Vous y verrez fleurir l'enfance éblouissante :
Des êtres tout mignons, des nains et des roseaux.
Ouvrez votre palais à ce livre qui chante,
Je l'apporte pour vous ainsi qu'un nid d'oiseaux.

Laissez-moi vous veiller, vous bercer en cadence.
Vous faire aimer le ciel, craindre l'ombre du mal.
N'êtes-vous pas aussi l'enfant de notre France !
Il faut que près de vous le poète s'élance,
Et balance en chantant votre berceau royal.

MADAME ANAÏS SÉGALAS.

Le Cordonnier de Mayence.

Un jour, il y a de cela bien près de quatre siècles, les habitans de la rue de la Juiverie, à Mayence, virent arriver, venant on ne sait d'où, un pauvre cordonnier qui paraissait être dans le plus déplorable dénûment, et qui inspirait d'autant plus de pitié qu'à sa misère apparente se joignait un malheur sans remède : il avait la jambe gauche de moins. Il suppléait, autant que possible, au membre absent par une jambe de bois grossièrement façonnée, adaptée au genou par de mauvaises courroies, et par un bâton noueux sur lequel il s'appuyait.

Lorsque ce malheureux fit son entrée dans la ville où il voulait établir ses pénates, il portait sur ses épaules une large et profonde hotte contenant les instrumens nécessaires à sa profession, et deux peaux de vaches tannées. Sur ces peaux était assise, aussi fièrement et aussi heureuse que dans un carrosse, une petite fille de dix à douze ans, dont la tête blonde et bouclée, dépassant les bords de la hotte, se tournait dans tous les sens pour examiner les passans et les maisons.

Dans un angle se trouvait une échoppe construite en planches solidement jointes, précédemment occupée par un rémouleur, et vide depuis quelques mois. Dans cette baraque on avait pratiqué une soupente assez spacieuse pour contenir deux lits de paille et une table mutilée qui avait été abandonnée par le rémouleur. Arrivé en cet endroit, notre cordonnier posa sa hotte sur une borne, et, s'en servant comme point d'appui, il resta pendant quelques minutes immobile, à la manière d'un homme épuisé de fatigue. La sueur ruisselait sur son front, et l'on pouvait deviner, aux contractions de son visage et par le soin qu'il prenait de laisser porter le poids de son corps sur sa bonne jambe, qu'il avait eu à souffrir pendant sa route d'atroces douleurs, occasionnées par le frottement du morceau de bois faisant continuation au membre amputé.

Adroite et légère comme une chatte, la petite fille n'avait fait qu'un saut de la hotte sur le pavé, et elle se mit en devoir d'aider le cordonnier à se débarrasser de son lourd fardeau. Les oisifs du voisinage étaient venus se grouper autour des étrangers qui ne semblaient pas remarquer l'attention dont ils étaient l'objet; mais un d'entre eux ayant pris la parole pour offrir ses services, le cordonnier, sans lui répondre, sans même le regarder, dit à la petite fille : — Katy, donne-moi la clé.

L'enfant grimpa dans la hotte aussi prestement qu'elle en était descendue, et après avoir fouillé dans un sac de toile, elle en tira une clé qu'elle tendit au malheureux invalide. Celui-ci se remit de suite en mouvement, et quand tout le monde croyait qu'il allait continuer sa marche jusqu'à l'hôtellerie où logeaient les industriels nomades, il se contenta de faire volte-face, ouvrit avec la clé la porte de l'échoppe qu'il referma brusquement derrière lui et disparut, lui, sa hotte et l'enfant, aux regards étonnés des citadins et des commères de la rue de la Juiverie.

Les curieux désappointés restèrent en face de l'échoppe, espérant que le mystérieux personnage reparaîtrait sur le seuil ou qu'il ouvrirait le seul contrevent qui pût donner du jour à l'habitation qu'il s'était choisie ; mais voyant que leur attente était inutile, ils s'éloignèrent en faisant mille conjectures sur cette sorte de mendiant qui les avait traités avec aussi peu de cérémonie, et se promettant bien de tirer vengeance de l'affront qu'il venait de leur faire.

— De quel droit, disait l'un, vient-il s'établir dans l'échoppe de Burg le rémouleur, qui voyage en France?

— C'est quelque Bohémien qui a volé cette enfant et qui veut en faire une saltimbanque.

— L'avez-vous vue grimper et se blottir dans sa hotte comme un véritable écureuil?

— Ça ne peut pas être sa fille, elle est trop jolie et trop jeune ; il a au moins soixante-dix ans, lui.

— Soixante-dix ans! êtes-vous aveugle, voisin? Vous n'avez donc pas vu ses yeux qui lancent du feu comme un ver luisant? Vous n'avez donc pas remarqué comme le drôle est solide sur ses piliers, malgré sa jambe de chêne et la fatigue qui l'écrasait? C'est tout au plus s'il a quarante ans, le vagabond !

— Que peut-il venir faire à Mayence, à moins que ce ne soit un ré mouleur à qui Burg a cédé son échoppe? — Il n'aura toujours pas ma pratique. — Ni la mienne. — Ni la mienne.

Tous ces commentaires, loin de satisfaire la curiosité, n'avaient fait que l'aiguiser ; aussi, dès la pointe du jour, les boutiquiers du voisinage se mettaient sur leurs portes et projetaient avidement leurs regards dans la direction de l'échoppe. Quel ne fut pas leur étonnement lorsqu'ils virent l'étranger paisiblement installé dans son officine, occupé à raccommoder des guêtres de cuir, poussant l'alène, tirant le fil, frappant du marteau, et ayant une allure aussi dégagée que s'il eût habité depuis dix ans la rue de la Juiverie. Mais ce qui frappa les voisins d'une véritable stupéfaction, ce fut de voir, au dessus de l'échoppe, une large enseigne sur laquelle était écrit en lettres rouges : *Lucifer, cordonnier.*

Par qui cette enseigne avait-elle été faite? Le soin qui avait présidé au dessin merveilleux de chacune des lettres accusait un travail patient, et quelques heures de nuit seulement avaient suffi pour la faire, la poser, et personne n'avait entendu frapper un seul coup de marteau ! Il était impossible d'admettre que le cordonnier eût apporté avec lui l'enseigne dans cet état, car elle était de trop grande dimension pour tenir dans sa hotte sans qu'on l'eût vue ; d'ailleurs elle était trop lourde pour être portée par un seul homme.

— Il faut que cet étranger soit un compagnon de l'esprit des ténèbres dont il porte le nom, dit un tisserand en rompant le silence que gardaient les curieux assemblés.

Cette supposition leur parut à tous très vraisemblable ; aussi firent-ils simultanément un signe de croix pour se préserver des maléfices que devait leur attirer un tel voisinage.

—Mais qui donc lui a procuré de l'ouvrage, à ce vieux sorcier ? demanda un marchand de jambous qui jouissait d'une certaine considération dans la rue de la Juiverie. Aucun de vous, j'espère. Sachez, mes enfans, qu'il vaudrait mieux parcourir les pieds nus toute l'Allemagne, que de faire dix pas dans la ville de Mayence avec des souliers sortis de la boutique de Lucifer. Que ceux donc qui tiennent à sauver leur âme y regardent à deux fois avant d'échanger leur argent contre des chaussures dont le cuir doit sentir le soufre.

Cet avertissement produisit l'effet qu'en attendait l'orateur. Il fut décidé, séance tenante, que non seulement on n'aurait jamais recours à l'industrie de l'habitant de l'échoppe, mais qu'on empêcherait charitablement et par tous les moyens possibles les pratiques d'arriver jusqu'à lui, en supposant qu'il pût lui en venir des autres quartiers de la ville. Satisfaits de la résolution qu'ils venaient de prendre et de la vengeance qu'ils s'en promettaient, les braves citadins rentrèrent chacun dans leur boutique.

Lucifer, puisque tel est le nom écrit sur l'enseigne, était un homme dont il eût été difficile de préciser l'âge. Il devait être vieux, si l'on considérait son corps qui paraissait usé par les années plus encore que par les fatigues, et son visage plissé de rides qui avait cette teinte bistrée particulière aux vieillards dont la vie est sur le point de s'éteindre faute d'aliment. Mais quand on voyait avec quelle activité il se livrait au travail, et combien ses bras secs et musculeux avaient conservé de vigueur juvénile ; quand on voyait surtout les clartés phosphorescentes qui s'échappaient de ses yeux lorsqu'il voulait communiquer à son regard une puissance fascinatrice, alors on le regardait comme un homme qui avait dû être éprouvé par quelque grande catastrophe, mais qui était dans toute la force de l'âge et avait opposé à l'adversité un front d'airain. Ce qui achevait de donner à la physionomie de cet homme bizarre un caractère d'étrangeté inexplicable, c'étaient sa chevelure et sa barbe d'un roux éclatant, d'une épaisseur prodigieuse, et qui avaient conservé cette crudité de ton qui n'appartient qu'à la jeunesse.

Quatre ans se passèrent sans aucun incident digne d'être raconté, et les voisins n'en savaient pas plus que le premier jour sur le compte du cordonnier. Il était toujours le premier à la besogne ; car, bien que le blocus établi autour de son échoppe pour empêcher les pratiques d'y arriver eût été rigoureusement maintenu. cela ne l'empêchait pas de confectionner un nombre considérable de souliers, de guêtres, et de raccommoder toutes sortes de chaussures. Mais pour qui travaillait-il ? On l'ignorait absolument. Jamais on ne l'avait vu sortir. soit pour porter en ville l'ouvrage qu'il avait fait, soit pour aucun autre motif. Aussitôt que le soir était venu, le contrevent de sa boutique était fermé, cadenassé à l'intérieur, et suivant toute apparence l'ouvrier montait dans sa soupente, car à toute heure de la nuit on voyait passer à travers les fentes du volet un rayon de lumière indiquant que les habitans de ce lieu ne se conformaient pas au règlement en vigueur sur le couvre-feu.

Maître Lucifer était véhémentement soupçonné d'employer ses heures de nuit à des œuvres de sorcellerie. L'on allait même jusqu'à dire que les démons de l'enfer profitaient de ce moment pour venir se faire prendre mesure de souliers et emporter les commandes achevées. C'était la seule manière rationnelle d'expliquer comment venait et s'en allait l'ouvrage qu'on voyait faire au mystérieux cordonnier.

Intrigué par ce rayon de lumière qui ressemblait, dans la profonde obscurité de la rue, à une lame de feu, et qui reparaissait immanquablement toutes les nuits, le taillandier, qui passait pour le garçon le plus intrépide du quartier, et qui se vantait de ne pas croire plus au diable qu'aux sorciers, voulut enfin en avoir le cœur net et savoir ce qui se passait dans la soupente de l'échoppe. Il se munit donc d'une échelle, et, accompagné d'une demi-douzaine de ses camarades les plus déterminés, il la posa sans bruit le long de la cloison et monta sept échelons pour avoir l'œil au niveau de la fente qui laissait échapper un filet de lumière. A peine eut-il appliqué sa joue de manière à procéder à son espionnage, qu'il sauta à bas de l'échelle, au risque de se rompre le cou, et en poussant un cri déchirant. Il venait de ressentir subitement dans l'œil qu'il avait mis au service de sa curiosité une douleur aussi aiguë que si on le lui eût crevé avec un fer rouge. Le chirurgien qu'il fit appeler le lendemain ne découvrit aucune trace de lésion, mais le taillandier n'en fut pas moins borgne pour le reste de ses jours.

Cet accident, qui produisit une grande sensation dans tout le quartier, n'était pas propre à encourager les investigations à l'endroit de l'homme à la jambe de bois. Aussi prit-on le parti de le considérer comme un être en dehors de l'humanité, et sur lequel on ne pouvait sans danger arrêter ses yeux ni même sa pensée.

L'enfant qu'il avait amenée avec lui inspirait les mêmes terreurs que l'étranger lui-même. C'était elle qui chaque matin allait acheter les provisions de bouche; mais une fois qu'elle avait rempli ce devoir, elle rentrait dans l'échoppe et n'en sortait plus.

Dans les premiers temps de leur arrivée à Mayence, on avait espéré obtenir d'elle quelques éclaircissemens sur le singulier personnage dont elle partageait le sort. Etait-il son père? d'où venait-il? de qui recevait-il de l'ouvrage? pourquoi n'assistaient-ils jamais ni l'un ni l'autre au service divin? Mais comme on n'avait pu lui arracher un seul mot à ce sujet, les marchands qui la questionnaient refusèrent de lui vendre, et lui refusèrent impitoyablement la porte de leur boutique, prétendant que l'argent apporté par elle devait être de la fausse monnaie, quoiqu'on ne pût cependant remarquer de différence entre celle de Katy et celle qui avait cours. La malheureuse enfant était donc obligée d'aller dans les quartiers les plus retirés pour se procurer les alimens indispensables ; mais il n'était jamais sorti de sa bouche une seule plainte, et elle ne paraissait faire aucun cas de l'opinion qu'on s'était formée sur son compte.

Un seul, parmi les marchands de la rue de la Juiverie, avait eu le courage de refuser de s'associer au complot tramé contre l'étrangère : c'était Georges Burker, le fils du boucher, qui mit le même empressement à la servir toutes les fois qu'elle se présenta à son étal, et qui, pour cette raison, fut regardé de mauvais œil dans son voisinage.

Il ne faudrait pas croire que la conduite de Georges fût inspirée par humanité pure, et qu'un peu d'intérêt ne se mêlât point à sa détermination. Le fils du boucher était jeune, riche, de bonne mine, mais fier et assez porté à mépriser les gens de sa condition. Ne trouvant dans son quartier aucune fille qu'il crût digne de sa main, il avait été ravi des grâces de Katy l'étrangère, et avait deviné que l'enfant deviendrait une personne d'une grande beauté. Ajoutons qu'il soupçonnait le cordonnier d'avoir en réserve quantité de pièces d'argent à l'effigie de l'empereur et toutes neuves, comme il avait eu souvent occasion d'en recevoir de Katy. Cette fortune supposée, quelle qu'en fût la source, n'avait pas peu contribué d'abord à enflammer l'imagination de Georges.

A seize ans, Katy avait acquis une merveilleuse beauté ; sa mise, qui ne ressemblait en rien à celle que les femmes de Mayence portaient à cette époque, et qui n'était ni plus simple ni aussi peu recherchée qu'aurait pu le faire croire la pauvreté apparente de maître Lucifer, était encore un sujet d'étonnement pour les voisins, qui ne l'avaient jamais vue acheter les étoffes dont elle se parait. Quoi qu'il en soit, ses vêtemens faisaient admirablement ressortir les agrémens de sa personne, et étaient en parfaite harmonie avec la légèreté capricieuse de sa taille. La régularité de ses traits donnait à son visage un charme inexprimable. La double et irrésistible fascination qu'elle exerçait sur tous ceux qui la regardaient en faisaient une créature qu'on ne pouvait comparer à aucune autre.

Georges Burker, qui la voyait sortir tous les matins et qui lui fournissait de la viande plusieurs fois par semaine, éprouvait pour elle une passion véritable ; mais il n'osait la demander en mariage à son père, de peur qu'un refus cruel et humiliant ne fût le seul résultat de sa démarche.

A cette époque, une épidémie terrible éclata tout à coup sur Mayence, ravageant les quartiers et principalement la rue de la Juiverie, qui était étroite, tortueuse et malsaine. Il n'y avait pas dans cette rue une seule famille qui ne déplorât chaque jour la perte ou la ma ladie d'un de ses membres, et le père de Georges Burker avait succombé un des premiers aux attaques de l'impitoyable fléau connu depuis en France sous le nom de choléra.

Les malheureux habitans tenaient leurs portes et leurs fenêtres closes, comme s'ils eussent craint que l'air ne leur arrivât chargé de miasmes délétères, et quand ils étaient obligés de sortir de leurs maisons, semblables à des fantômes au teint hâve et livide, il marchaient silencieux, la tête inclinée tristement vers la terre, évitant toute communication avec leurs parens et leurs amis.

L'épidémie continuait à sévir avec une intensité toujours croissante sur la rue de la Juiverie, bien que les autres quartiers en fussent à peu près délivrés. L'échoppe était peut-être la seule habitation qui eût été épargnée; Lucifer n'avait pas interrompu son travail, et la belle Katy n'avait pas manqué de faire sa tournée du matin. Alors la morne résignation de ceux qui n'avaient pas encore été atteints changea de caractère et devint du délire; la stupeur les avait tenus éloignés les uns des autres, la fureur les rapprocha. Ils se réunirent pour délibérer sur ce qu'ils avaient à faire dans des circonstances aussi critiques, et comme ils ne savaient à quelle cause attribuer l'épouvantable châtiment qui s'appesantissait sur eux, ils la mirent sur le compte du cordonnier, de ce païen qui n'avait pris aucune part aux prières publiques, et dont le voisinage et les maléfices avaient incontestablement porté malheur à la population qui l'avait laissé s'établir au milieu d'elle. Dès la première conférence, on prit d'un commun accord la détermination de se défaire de l'étranger et de sa fille, et après avoir cherché long-temps le moyen d'arriver à ce but sans courir de risques, on proposa d'entourer l'échoppe de bottes de paille, d'y mettre le feu et de se débarrasser d'un seul coup du contenant et du contenu.

Cette idée ayant été accueillie avec faveur, il fut résolu qu'on l'exécuterait le jour même à minuit.

A minuit donc, pendant que la ville était plongée dans le silence et dans la plus profonde obscurité, chacun de ceux qui avaient pris part au conciliabule se rendit auprès de l'échoppe, apportant les matières qu'on croyait les plus propres à accomplir le projet concerté. En moins de dix minutes, la paille mêlée de suif, d'huile, de goudron, de salpêtre, fut entassée autour de l'échoppe jusqu'à une hauteur de quare pieds, et ce fut le taillandier qui voulut y mettre le feu, pour se venger sans doute de la perte de son œil. Aussitôt que les premiers brins de paille commencèrent à flamber, chacun des incendiaires rentra chez soi, mais non sans s'être donné la satisfaction de s'assurer, par un regard jeté en arrière, que le feu faisait déjà d'immenses progrès.

Cependant Georges Burker, encore sous l'impression douloureuse
de la mort de son père, impression moins vive que celle que lui faisait
éprouver son ardent amour pour l'étrangère, s'était jeté tout habillé
sur le lit où depuis long-temps le sommeil ne venait plus adoucir ses
peines. Tout à coup sa chambre est illuminée, et il croit entendre
le pétillement de l'incendie. Il court à sa fenêtre et voit l'échoppe du
cordonnier entourée d'une ceinture de flamme. A la pensée du danger
qui menace la femme qu'il aime, Georges s'arme d'une longue perche
terminée par un crochet de fer, se précipite dans la rue, et disperse
le foyer de l'incendie avant que le plancher qui forme l'échoppe ait
été entamé par le feu. Un fort coup de vent qui souffla au même moment rendit plus facile la tâche de Georges; mais ce coup de vent
lui fut fatal, car des débris enflammés et des étincelles ayant été em-
portés dans la direction de sa maison, le feu y prit, et elle fut entièrement dévorée sans que personne songeât à lui porter secours. On
voyait en cela une juste punition du crime qu'il avait commis en
protégeant des êtres réprouvés.

S'inquiétant peu de voir brûler sa maison, puisqu'il était parvenu
à sauver son trésor le plus précieux, Georges Burker enfonça, à l'aide
de son crochet, la porte de l'échoppe et y entra, bien décidé à faire
valoir le service qu'il venait de rendre et à demander la main de
Katy. Mais, à sa grande surprise, il ne trouva personne ni dans l'a-
telier, ni dans la soupente, et non seulement les deux étrangers avaient
disparu sans qu'on s'en fût aperçu, mais ils avaient emporté tous les
instrumens qui servaient à la profession de cordonnier. Il ne restait
plus que les deux mauvaises paillasses et la table qui avaient appar-
tenu à Burg le rémouleur.

Georges commença à croire à quelque combinaison diabolique, et
en voyant s'écrouler sa maison en même temps que les rêves de son
fol amour, il comprit qu'il venait d'être ruiné complétement, ruiné
par sa faute, et lui, si vain de l'aisance amassée par son père, qu'il
n'avait pas su conserver, il se vit obligé d'aller travailler chez un autre
boucher comme ouvrier à la journée.

Le maître qui le prit à son service était établi dans le plus riche
quartier de Mayence et avait reçu l'ordre de faire porter tous les jours
des viandes dans un magnifique château peu éloigné et qui venait
d'être acheté par un prince italien nommé Balsorini. Georges étant
donc allé pour la première fois porter à ce château les commandes
dont on l'avait chargé, aperçut à une des fenêtres une jeune fille
qu'il lui sembla avoir vue déjà. Après un court examen, il acquit la
conviction qu'elle n'était autre que Katy, la fille de l'échoppe, et qu'il
eût reconnue au premier coup d'œil si elle n'eût été couverte d'ornemens d'une extrême richesse qu'elle n'était pas dans l'usage de porter
quand elle habitait la rue de la Juiverie.

Sentant se réveiller dans son cœur un sentiment qu'il n'avait pu en chasser, Georges, au lieu de se diriger vers les cuisines, monta précipitamment l'escalier et entra comme un fou, le panier sur la tête, dans l'appartement où se trouvait la jeune fille. D'abord il fut ébloui par la magnificence des meubles, des tapisseries, des trumeaux et autres objets d'art qui décoraient cette salle. Puis, en apercevant Katy parée de soie et de pierreries, et à côté d'elle, assis dans un vaste fauteuil, un homme somptueusement vêtu, tenant alongées sur de moelleux coussins deux jambes dont celle de gauche était de bois, en voyant surtout les regards foudroyans que ces deux personnes dardaient sur lui, le pauvre garçon n'eut le courage ni de faire un pas en avant ni de prononcer un mot. Il sentit ses oreilles bourdonner, un éblouissement passa sur ses yeux, et faisant un effort surhumain pour quitter la place à laquelle il semblait cloué, il redescendit l'escalier, jeta dans la cour sa charge de viande et ne rentra pas chez son maître. On ne sait ce qu'il devint, car on n'entendit jamais parler depuis de Georges Burker.

La beauté de la jeune princesse Balsorini fut bientôt remarquée par les gentilshommes de Mayence et des environs. En quelques mois sa réputation se répandit par toute l'Allemagne. Le château devint le rendez-vous de tout ce que l'empire possédait d'hommes distingués par le nom et la fortune. Ceux qui n'y étaient pas attirés par les grâces de celle que l'on considérait comme l'une des plus riches héritières de l'Europe venaient assister à des fêtes continuelles qui faisaient de la résidence du prince Balsorini un palais féerique où rien n'était épargné pour effacer les splendeurs de la cour de France, renommée alors dans le monde entier par ses jeux et ses tournois.

Un nombre considérable de chevaliers fameux par leurs exploits et leur galanterie aspiraient à la main de la jeune princesse; mais comme Balsorini semblait fort embarrassé de choisir parmi les prétendans, il les réunit tous un jour et leur annonça qu'il ne prendrait pour gendre que celui qui réussirait à faire une chaussure s'adaptant à son pied droit, le seul qui lui restât.

Cette singulière proposition, faite à des gens qui s'attendaient à ce qu'on réclamât d'eux quelque périlleuse aventure, leur parut d'abord une mystification. Lorsqu'ils virent que ce prince à jambe de bois tenait sérieusement à son idée, ils se retirèrent, aimant mieux renoncer à leur amour que de s'avilir en faisant le métier de cordonnier.

Un seul, plus épris que les autres sans doute, fit bonne contenance et déclara qu'il se soumettait à la condition imposée. C'était le jeune comte Ivan de Pahenhove, dont la famille comptait plusieurs alliances avec des maisons régnantes. Le prince le conduisit aussitôt dans une pièce où étaient réunis tous les instrumens nécessaires à la confection des chaussures et une quantité de cuir plus que suffisante pour que le postulant pût faire son apprentissage avant d'entreprendre le soulier qui devait le mettre en possession de la femme la plus belle et la plus riche qui existât à deux cents lieues à la ronde. On permit au comte de prendre des leçons d'un maître cordonnier jusqu'au jour où il se croirait assez sûr de lui pour voler de ses propres ailes et travailler à ses pièces, comme on dit en termes de compagnonnage.

Voilà donc le comte Ivan de Pahenhove s'affublant du tablier d'apprenti. Il se renferme dans son officine et apprend à se servir du tire-pied, de l'alène, du tranchet et du fil enduit de poix. Telle fut l'ardeur qu'il mit à s'instruire, qu'au bout d'un mois il crut en savoir assez pour se présenter devant le prince et le prier de lui permettre de prendre la mesure de son pied. Pendant que celui-ci ôtait sa pantoufle, Ivan adressait des regards passionnés à la fille, qui se tenait près de son père et qui répondait par un sourire à celui qui se dégradait pour elle.

— Je suis à vos ordres, monsieur le comte, dit Balsorini en tendant son pied, et n'ayez pas de distraction, car vous voyez qu'il n'est pas aisé de me chausser.

Ce pied avait en effet une forme bizarre sous le tricot de soie qui le recouvrait ; les doigts en paraissaient crochus et offraient de nombreuses aspérités ; il était court, large, épais et contourné de manière que les doigts n'étaient pas sur la même ligne que le talon et divergeaient en dedans. Ivan ne se déconcerta pas et prit ses mesures avec le sang-froid d'un homme que la difficulté ne saurait abattre. Il fit la remarque que c'était pour le pied droit qu'il lui fallait travailler, étudia avec soin les sinuosités, les parties saillantes, les courbes, les angles, et rentra ensuite dans son laboratoire, bien convaincu qu'il parviendrait à faire l'enveloppe exacte du pied monstrueux dont il avait le dessin dans la tête et les mesures marquées sur des bandes de parchemin.

Le comte de Pahenhove employa toute une semaine à la confection de son chef-d'œuvre, et quand il l'eut bien confronté avec les mesures qu'il avait prises, il fit savoir au prince Balsorini qu'il était prêt à lui essayer le soulier qu'il venait de lui faire.

Balsorini reçut Ivan dans un grand salon où il ayait rassemblé tous les hôtes de son château, car les fêtes n'avaient pas discontinué pendant que l'illustre apprenti se tenait en loge.

— Monsieur le comte, lui dit-il avec un accent au milieu duquel un observateur habile aurait pu découvrir une pointe d'ironie, j'ai voulu renouveler en présence de cette illustre assemblée la promesse que j'ai faite de vous donner ma fille si vous êtes parvenu à me faire une chaussure convenable ; et pour que vous ne suspectiez pas ma bonne foi, c'est l'assemblée elle-même qui sera juge de votre réussite ou de votre défaite. Venez donc m'essayer le soulier que vous m'apportez.

Ivan s'avance résolument en échangeant avec la princesse un regard de triomphe.

Il met un genou à terre et présente l'ouverture du soulier au pied de Balsorini; mais malgré les efforts que fait le prince, malgré la peine que se donne le comte, le pied ne peut entrer parce qu'il est cambré en sens inverse de la chaussure. Soudain un frisson parcourt le corps d'Ivan... ses yeux deviennent hagards... ses membres se raidissent et se tordent... son visage tourmenté par les convulsions est pâle comme un marbre.

— Je suis damné! s'écrie-t-il en tombant mort sur le carreau.

Le malheureux venait de reconnaître que Balsorini lui présentait le pied gauche : la jambe de bois était maintenant à droite!

Avant qu'on fût revenu de la stupeur causée par cet événement dont personne ne devinait la cause, un moine entra vêtu de son ordre, et portant à la main un soulier orné d'une grande boucle d'argent sur laquelle étaient ciselées les armes de l'archevêque de Mayence. Dès que Balsorini l'aperçut, il se troubla et on le vit gesticuler de façon à faire comprendre qu'il voulait qu'on chassât le moine de sa présence. Mais celui-ci marcha droit au prince, fit un signe de croix, puis, par un brusque mouvement, il s'empara de son pied qu'il chaussa du soulier archiépiscopal.

Aussitôt Balsorini se démena comme s'il eût eu le pied dans un brasier ardent; les riches habits qui le couvraient tombèrent par terre et laissèrent voir un être qui n'avait plus rien d'humain, dont les yeux lançaient un feu sombre et dont la bouche vomissait des vapeurs bitumineuses. Il tournoya pendant quelques secondes sur lui-même, poussa un cri sauvage et disparut sous la forme d'un éclair.

D'après le pacte proposé par Balsorini lui-même, la jeune fille appartenait à celui qui avait chaussé le pied crochu : ne pouvant appartenir au moine, elle se donna à Dieu. Toutes les richesses qu'elle possédait en terres, châteaux, meubles, bijoux, furent converties en argent, qui servit à fonder une communauté religieuse et p'usieurs état blissemens de bienfaisance. Il fut constaté que Katy était issue d'une famille ducale d'Allemagne, et qu'elle avait été volée dans son enfance par une sorte de mendiant bohémien dont on n'avait pu retrouver la trace. Elle mourut quinze ans après dans le couvent qu'elle dirigeait, et sa vie fut si pure, si édifiante, qu'elle fut canonisée et honorée sous le nom de sainte Catherine de Mayence.

On prétend que le moine n'était autre que Georges Burker, qui avait embrassé la vie ecclésiastique pour échapper aux piéges que lui tendait le malin esprit.

La cathédrale de Mayence conserve dans ses reliques le soulier béni qui amena le dénoûment de cette histoire.

Quant à l'échoppe de Lucifer, elle existe encore dans la rue de la Juiverie, telle qu'elle était alors, moins l'enseigne ; on la nomme l'échoppe maudite, et le *cicerone* affirme qu'elle subsistera jusqu'au jugement dernier.

ÉMILE CHEVALET.

LES FEMMES HINDOUES.

Comme toutes les femmes de l'Orient, les femmes musulmanes de l'Inde vivent loin des hommes et se visitent entre elles. Elle passent à peu près leur vie dans une oisiveté nonchalante ; elles se parent, elles jouent aux cartes, aux dés ; dans les derniers mois de l'année, elles peignent des paysages sur des œufs destinés à des présens.

Quand le père, le frère ou le mari est auprès d'elles, c'est une multitude de questions avides. Tout les intéresse, ces femmes qui ne voient rien du monde extérieur, qui ne connaissent que le *zenanah* et les jardins où elles errent captives.

Si elles sortent, c'est dans un palanquin soigneusement clos, où ne saurait pénétrer un rayon de soleil, la lueur d'une étoile ; d'où leurs yeux ne peuvent apercevoir le mouvement humain des rues, et la vaste étendue des cieux, et la beauté fleurie des campagnes ; les sons leur arrivent seulement.

Qu'est le *zenanah* où se passe leur vie? C'est un édifice placé dans une enceinte reculée, composé de salles ouvertes et éclairées seulement d'un côté sur la cour. La façade est ornée de colonnes dont les espaces sont fermés de rideaux épais. Quelques zenanahs ont une galerie ménagée entre une double colonnade. Dans l'intérieur sont des jalousies de bambou, qui le défendent de la chaleur dévorante et des insectes.

Les salles d'un zenanah semblent nues et froides ; rarement des glaces y reflètent la jeune beauté des femmes. On n'y voit ni fauteuils ni canapés, ni tables, ni pianos, ni aucun de ces petits meubles volans dont le caprice invente la forme et qui charment la vanité luxueuse. Point de pendules qui comptent les heures lentes ou rapides de la vie.

Au milieu de la salle principale s'élève le *musnud*, siége d'honneur de six pieds carrés, couvert, dans les maisons opulentes, d'une étoffe précieuse, et autour duquel sont placés des coussins pour appuyer les genoux, les coudes. La première épouse occupe le musnud. Des sophas semés çà et là reçoivent les Européennes. Quand aux autres femmes et aux visiteuses indigènes, elles s'asseyent sur des coussins. La maîtresse de la maison veut-elle marquer de l'affection à une autre femme, elle lui fait prendre place à côté d'elle. Si au contraire le rang de l'étrangère est supérieur au sien, elle lui cède le musnud et s'assied au bord du tapis sur lequel s'étale le siége solitairement fastueux.

Tous les soirs on dresse des lits dans les salles, et tous les matins on les enlève. L'usage des matelas est très rare. Une courtepointe garnit le fond de la couche ; la tête s'appuie sur un oreiller assez dur ; un drap attaché par des cordons aux angles du lit et une couverture plus ou moins riche, voilà tout ce qu'il faut au repos de la femme de l'Inde la plus délicate. Elle se couche avec ses vêtemens de jour, et ne les quitte que lorsqu'ils ont perdu leur fraîcheur.

Une fête rassembla dans la maison d'un Hindou plus de cent cinquante femmes. Ni lui ni ses frères ne se montrèrent dans la salle. La maîtresse de cette demeure, qui en était la divinité, effaçait toutes les autres femmes. Ses cheveux noirs et soyeux tombaient en tresses parfumées sur ses épaules. Un collier d'émeraudes ornait son sein. A chacune de ses oreilles, percées de neuf ou dix trous, étaient attachés des festons de ces mêmes pierreries qui ondoyaient sur son cou.

Un chaînon de fines émeraudes tombait aussi de son nez et éclairait son visage de doux reflets. Son *ungiah* (1) en satin blanc était semé de petites perles. De sa taille majestueuse descendait en longs plis son *pyjaamah* en satin blanc aussi, brodé d'or et de perles, et attaché à la ceinture avec des cordons terminés par des glands de pierreries. Sur sa tête et ses épaules se déployait son *deputtah* en tissu du Décan, voile souple, vaporeux, transparent comme l'air, et qui entourait sa délicieuse figure d'une nue blanche et légère. A mesure qu'il entrait une femme dont l'âge et le rang commandaient les égards, elle se levait de son siége d'honneur, rassemblait les plis

_____

1 Sorte de corset.

de son deputtah, et faisant quelques pas en avant, embrassait trois fois la visiteuse ; puis, la main à la hauteur de son front, elle lui faisait trois inclinations charmantes.

A d'agréables entretiens se mêlaient la musique, la danse et les chants suaves des jeunes esclaves ; d'autres servaient des confitures, des sorbets, de l'huile de rose. Les femmes avaient quitté leurs chaussures pour entrer dans les salles ; elles les reprirent quand elles voulurent se répandre dans les jardins. Les unes avaient de charmantes babouches richement brodées et terminées devant par une pointe longue, recourbée et revêtue d'ornemens bizarres ; d'autres avaient des babouches entourées de clochettes d'argent ou de vermeil.

Le lendemain, un dîner élégant rassembla toutes ces femmes. Point de tables chez les Hindous, point de fourchettes, point de couteaux ; du reste, une richesse exquise : la nappe étendue sur le tapis était un brocard d'argent ; les serviettes , d'un tissu clair, brodées en soies de couleurs éclatantes ; les plats, les assiettes étaient en porcelaine superbe ou en or.

Ce luxe de porcelaine et d'or n'existe pas chez les Hindous adorateurs de Brahma. Les plus élevés comme les plus humbles mangent dans des feuilles de végétal façonnées en assiettes. Tout être qui suit la loi antique aurait horreur de se servir deux fois du même plat ou de la même assiette. A chaque repas le service est renouvelé assez ordinairement en feuilles de bananier.

MADAME A. DUPIN.

SUR LA MORT DE MADAME DE SÉVIGNÉ.

Au président de Moulceau.

Le 18 avril 1696.

Votre politesse ne doit pas craindre, monsieur, de renouveler ma douleur, en me parlant de la douloureuse perte que j'ai faite (1).

---

(1) Mme de Grignan veut parler de la mort de Mme de Sévigné sa mère, arrivée le 6 avril 1696.

C'est un objet que mon esprit ne perd pas de vue, et qu'il trouve si vivement gravé dans mon cœur, que rien ne peut ni l'augmenter ni le diminuer. Je suis très persuadée, monsieur, que vous ne sauriez avoir appris le malheur épouvantable qui m'est arrivé sans répandre des larmes, la bonté de votre cœur m'en répond ; vous perdez une amie d'un mérite et d'une fidélité incomparables, rien n'est plus digne de vos regrets : et moi, monsieur, que ne perdrai-je point, quelles perfections ne réunissait-elle point pour être à mon égard, par différens caractères, plus chère et plus précieuse ! Une perte si complète et si irréparable ne porte pas à chercher de consolation ailleurs que dans l'amertume des larmes et des gémissemens. Je n'ai point la force de lever les yeux assez haut pour trouver le lieu d'où doit venir le secours ; je ne puis encore tourner mes regards qu'autour de moi, et je n'y vois plus cette personne qui m'a comblée de biens, et qui n'a eu d'attention qu'à me donner tous les jours de nouvelles marques de son attachement avec l'agrément de la société. Il est bien vrai, monsieur, il faut une force plus qu'humaine pour soutenir une si cruelle séparation et tant de privations. J'étais loin d'y être préparée : la parfaite santé dont je la voyais jouir, un an de maladie, qui m'a mise cent fois en péril, m'avaient ôté l'idée que l'ordre de la nature pût avoir lieu à mon égard. Je me flattais de ne jamais souffrir un si grand mal ; je le souffre et le sens dans toute sa rigueur. Je mérite votre pitié, monsieur, et quelque part dans l'honneur de votre amitié, si on la mérite par une sincère estime et beaucoup de vénération pour votre vertu. Je n'ai point changé de sentimens pour vous depuis que je vous connais, et je crois vous avoir dit plus d'une fois qu'on ne peut vous honorer plus que je ne le fais.

Lettre à madame de Simiane, sa fille.

Paris, le 5 janvier 1697.

J'ai eu la force, il est vrai, ou plutôt le courage d'aller à Versailles ; la fatigue m'en a paru plus grande que celle du voyage de Provence à Paris ; la raison en est sensible : je ne songeais, pendant mes deux cents lieues, qu'à prendre mes aises, et il faisait un temps humide ; au lieu qu'à Versailles je n'ai pas été un moment sans quelque incommodité, et il faisait un froid excessif ; j'en fus saisie au point qu'il m'ôta la respiration, et que je demeurai comme la sœur de don Bertrand à la porte de la princesse. Voilà ma grande aventure de ce voyage.

Avez-vous envie de savoir comment j'ai trouvé la princesse (1) ?

Elle est assez jolie : de grands yeux, la physionomie vive et italienne, de beau cheveux de la couleur des vôtres ; un visage un peu long et trop petit pour ses traits ; mais l'âge (2) proportionnera tout. Dispensez-moi de vous redire ses paroles, elles ne viennent pas jusqu'aux mortelles comme moi. Ma belle-fille a fort réussi ; vous connaissez son air sage et noble, son air assuré et modeste, ne s'embarrassant d'aucune nouveauté : elle a paru dans ce caractère, et en a été fort louée. Vous voudriez bien que je vous disse comme j'ai trouvé Mme la duchesse (3) ; j'y consens volontiers, mais il vous en coûtera d'apprendre comme est redevenue ma princesse. La vôtre a le plus joli, le plus brillant, le plus aimable petit minois que j'aie vu ; un esprit fin, amusant, badin au dernier point. Rien n'est plus plaisant que d'assister à sa toilette et de la voir se coiffer ; j'y fus l'autre jour, elle s'éveilla à midi et demi, prit sa robe de chambre, vint se coiffer et manger un pain au pot ; elle se frise et se poudre elle-même ; elle mange en même temps ; les mêmes doigts tiennent alternativement la houppe et le pain au pot ; elle mange sa poudre et graisse ses cheveux : le tout ensemble fait un fort bon déjeuner et une charmante coiffure...

La duchesse de Lude, au comble de la gloire, est terrassée par un rhumatisme plus puissant que tout son bonheur ; elle crie jour et nuit, elle a la fièvre, elle est privée de tous ses plus délicieux devoirs du jour et de la nuit, et peut envier tout ce qui se trouve digne d'envie ; elle est la matière d'un traité de morale tout entier.

MADAME DE GRIGNAN.

(1) Marie-Adélaïde, princesse de Savoie, qui était partie de Turin le 7 octobre 1696 pour venir épouser le duc de Bourgogne. La cérémonie du mariage ne se fit que le 7 décembre suivant.

(2) Cette princesse n'avait alors que onze ans et quelques jours.

3) Louise-Françoise de Bourbon, femme de Louis, duc de Bourbon.

MADAME LA COMTESSE MERLIN.

Nous entendons chaque jour reprocher à ces pauvres enfans du dix-neuvième siècle de répudier les plaisirs simples pour des joies désordonnées qui, après avoir détruit en eux le goût du bien, les mènent à l'incrédulité pour tout élan généreux de l'âme, toute émotion délicate du cœur. La jeunesse de tous les temps, dit-on, cherchait à exagérer son admiration pour le beau et ses sympathies pour les grands dévoûmens de l'amour ; celle d'aujourd'hui rougirait d'en être capable; également dépourvue de l'audace qui affiche le vice et de la pudeur qui le voile, elle s'honore froidement de ne croire qu'à la perversité humaine, et ne place la vanité qu'à manifester son dégoût de la vie chaque fois qu'elle se montre dépourvue de richesses, de pouvoir et d'honneurs.

Sans doute, rien de plus triste que ces adolescens privés des grâces de leur âge, dépouvus de confiance en Dieu comme en nous, et conduits, non par le désabusement, mais par leurs premières impressions, au dédain de notre société et des vertus naïves. Hélas ! leurs écrits ne sont, comme leurs paroles, qu'une plainte immense ; mais ces douleurs ne sont enregistrées que par l'égoïsme qu'elles inquiètent et la philantropie qui les outrage, en accusant l'impuissance de la religion et de la famille à les prévenir.

Ce ne sont cependant ni la religion ni la famille qui jettent chaque année dans la société ces milliers de jeunes gens qu'on entend proclamer que la sagesse consiste à opposer la révolte à l'injustice, et la bassesse à l'égoïsme. Reconnaissons au contraire que si la conduite n'est pas toujours la conséquence rigoureuse de ces doctrines, c'est à la foi de notre mère qui nous saisit dès notre entrée dans la vie et aux leçons du pasteur qui ouvrit nos cœurs à l'amour de Dieu et des hommes que nous devons en rendre grâce.

Les enfans entrent en effet dans nos écoles naïfs, aimans et confians, pour en sortir égoïstes, dissimulés et mécontens, parce que l'instruction y développe démesurément toutes les facultés de l'intelligence, sans égard pour celles de l'âme, et que les leçons n'ont réellement pour objet que les sciences qui s'exercent au profit d'intérêts purement matériels. Les collèges ne créant point les mœurs domestiques, ne formant pas un seul père de famille religieux pour l'avenir,

7

la société continue nécessairement pour le jeune homme les leçons de l'école.

La rhétorique avait appris à celui-ci à faire de brillantes amplifications pour et contre le désintéressement, et en sortant de cet apprentissage de la vie, il voit que la foi et la vertu sont bannies de tous les cœurs, et que s'il arrive à la moralité de se produire en même temps que le talent, on ne compte la première que comme obstacle à l'emploi de celui-ci. Forcé donc de reconnaître que l'égoïsme a enlevé les plus nobles voix à la vérité, l'écolier devenu étudiant maudit le temple de la matière en se prosternant avec la foule devant l'idole qu'il voudrait briser.

D'une si douloureuse condition est surgie cette littérature d'expédiens, de commerce et d'effroi, aussi ardente à déifier les mauvaises passions qu'à dégrader les nobles sentimens. Mais grâce au touchant accord de la mère et du sacerdoce, la période de malédictions a été de si courte durée qu'on ne peut guère la considérer que comme le prélude et le gage du retour à l'ordre chrétien. Eh! ne s'établit-il pas déjà qu'en histoire il a été aussi faux qu'immoral de justifier les forfaits par une inflexible fatalité, et que c'est anéantir dans tous les cœurs le centre de la liberté que de le déclarer inséparable d'excès qui n'ont été que la terrible conséquence d'une longue et générale corruption? La science aussi ne vient-elle point de reconnaître que les mystères de la vie d'un insecte sont plus incompréhensibles que les obscurités de l'Ecriture? Enfin la nouvelle philosophie ne s'honore-t-elle point de proclamer que l'idolâtre et l'incrédule adoptent à leur insu l'esprit évangélique, et ne résistent plus qu'aux pratiques imposées aux disciples de Jésus pour leur rappeler la sainteté de leurs devoirs?

Mais quelque consolantes que soient ces dispositions, on ne peut guère les considérer que comme une heureuse tendance à nous rapprocher de la vérité, car le christianisme s'adresse plus encore aux cœurs qu'aux intelligences, et celui qui défend sa morale en déclinant ses croyances, ses mystères et ses rites; celui qui ne voit dans la fraternité universelle qu'un moyen de révolte contre tout ordre établi, toute autorité nécessaire, et qui ne se passionne pour la loi du pardon qu'afin de pouvoir attaquer impunément tout ce qui fait obstacle à son ambition terrestre, celui-là, dis-je, n'inspirera qu'une stérile admiration. Apôtre d'une religion sans culte, il ne prêche que des vertus sans pratique, et s'il peut quelquefois instruire et plaire, jamais il ne saura toucher et inspirer.

Honneur donc, amour et reconnaissance à l'écrivain dont les œuvres, résumant le cœur et la vie, n'ont pour objet que d'exercer l'intelligence par le perfectionnement de l'âme; car pour n'avoir pas été exaltés par les coteries contemporaines, ses nobles travaux n'en seront que mieux goûtés de l'avenir. Nous avons reconnu dans les trop rares écrits de Mme la comtesse Merlin ce caractère de vérité et de durée qu'on cherche inutilement dans les productions des nos écrivains les plus en vogue ; mais il y a lieu de s'étonner que des études si sérieuses n'aient été généralement considérées que comme de gracieux tableaux des usages de notre société élégante; car rien n'est plus opposé aux travaux littéraires de Mme Merlin que la puérilité splendide avec laquelle on prodigue, dans le roman sensuel et les mémoires anecdotiques, l'or, les diadèmes, les étoffes de brocard, les révérences de cour, les sourires des princes, et autres largesses impériales et royales.

Mais les titres, imposés sans doute par l'autorité absolue d'un éditeur, et sans rapport avec la nature des observations de l'auteur, la division des matières, une forme enfin considérée comme l'affiche des productions de la littérature légère, ont détourné des livres de Mme Merlin l'attention des lecteurs sérieux, tandis que les abonnés des cabinets de lecture ont déploré de voir, dès les premières pages, la vigueur de la pensée, la chaleur du cœur et l'amour des grandes choses remplacer les révélations des salons, et tous ces secrets de la vie du grand monde dont ils sont si curieux.

Point d'avenir d'ailleurs pour les mémoires qui ne peuvent servir ni à l'histoire des faits ni à celle des mœurs d'une époque; mais le contemporain de grands événemens qui peut donner sa position comme gage de son témoignage fondera toujours pour l'histoire ; c'est ainsi que les esprits éminens étudient bien mieux la cour de Louis XIV, le caractère de ce prince et les mœurs de son siècle dans les naïves révélations de Dangeau et les puériles admirations de Mme de Sévigné, que dans les historiographes gagés de ce temps; et malgré la multitude de faits inexacts, d'histoires de manteaux de cour, de robes et de rubans qui déparent les *Mémoires* de Mme d'Abrantès, le temps ne fait qu'ajouter à la faveur qui accueillit leur apparition, parce qu'ils contiennent plusieurs faits attachans de la vie de l'empereur, et de curieuses peintures des usages de la société sous le consulat et l'empire. La position de Mme Merlin à la cour éphémère et insignifiante de Joseph ne comportant rien de semblable, ses *Mémoires*, nécessairement dépourvus d'intérêt historique, ne peuvent attacher que ceux qui s'intéressent moins aux détails de la vie privée des princes qu'aux impressions d'une âme énergique et tendre, plus sensible encore par l'amour et la culture des arts.

Philosophe, moraliste et poète dans ses gracieux *Souvenirs* comme dans ses *Loisirs d'une Femme du Monde*, Mme la comtesse Merlin nous transporte avec elle pour ce que l'art a de divin. N'admettant pas l'infériorité d'intelligence dans le grand artiste, elle a conscience que rien de vil ne peut s'allier à la puissance qui nous élève au dessus de nous-mêmes, et c'est pour obéir à cette conviction qu'après nous avoir vivement émus par la description de sa belle patrie (1) et de sa poétique éducation, elle a voulu consacrer dans l'éloge le plus éloquent le seul talent de femme déclaré rival du sien (2).

Créole espagnole, élevée dans les habitudes d'une opulence aristocratique, Mme Merlin nous apprend qu'elle eut pour nourrice une négresse dont l'*âme était susceptible des sentimens les plus héroïques.* Pour apprécier cette observation, il faut se rappeler que dans les colonies espagnoles la race noire, quoique traitée avec l'humanité réclamée par l'intérêt de ses maîtres, occupe cependant dans l'esprit de ceux-ci un rang inférieur à celui de la brute; Mme Merlin est donc peut-être la première créole qui ait eu la foi de l'âme des esclaves, mais elle est la seule assurément qui ait osé proclamer que ces âmes sont susceptibles de grandeur.

Quoique Mme Merlin n'ait jamais connu ces rudes atteintes d'une âme fière aux prises avec les plus impérieuses nécessités matérielles, ses sympathies sont pour ceux qui se dévouent sans égard de rang, de position et de fortune. En nous intéressant exclusivement à ce qu'il faut aimer, elle réfute encore avec bonheur cette foule de productions trop en vogue qui ne peuvent émouvoir que pour le meurtre, l'adultère et la plus hideuse dégradation morale. Il n'existe pas, en effet, de création romanesque aussi touchante que cette vieille aïeule de Mme Merlin, qui lui fit une enfance si poétiquement heureuse, et l'amour n'inspira rien de plus ingénieux que les espiégleries de la jeune Mercède, pour se réunir à sa bonne *Maméla*, dont une autorité jalouse l'avait perfidement séparée. C'est donc parce que nous nous associons à toute affection vraie, qu'après avoir admiré ce front blanc et lisse de Maméla, nous nous inclinons involontairement

(1) La Havane.
(2) Mme Malibran.

devant cette beauté vénérable et touchante que le temps n'ose outrager. Attendrir des lecteurs blasés pour une vieille femme, une esclave noire, une femme de chambre dévouée, les attendrir plus profondément que nos maîtres écrivains, avec tous les efforts et les écarts de leur imagination, n'est-ce pas là un de ces miracles que le cœur seul peut produire ?

Quelle différence dans l'impression produite par les lettres modèles de Mme de Sévigné! et existe-t-il une femme qui n'avouât, si elle l'osait, son antipathie pour cette fille si pompeusement louée ? Pour moi, je me prends souvent à sourire de ma honte, de moi-même, lorsque, jeune pensionnaire, et lisant pour la première fois les *Lettres choisies*, je me trouvais étourdie et glacée par cette tendresse emphatique et verbeuse qu'il m'était imposé d'admirer.

Cependant, mariée et mère, je voulus rectifier un jugement que je considérais comme une erreur du jeune âge, et je cherchai sincèrement dans ces huit volumes compacts quelques émotions identiques à mes propres sentimens ; mais cette fois il me fut définitivement démontré que la sécheresse du cœur était déguisée, chez Mme de Sévigné, par l'exagération de l'expression et une habileté pleine de grâce à prêter aux détails les plus frivoles de la société une importance que nul autre n'eût pu leur donner. S'il en était autrement, elle eût fait chérir à tout le monde cette fille, objet de tant d'amour et d'adulations, tandis que la divine comtesse, concentrée dans « sa dignité de beauté », n'a jamais intéressé personne.

Mme de Sévigné ne peut donc être pour moi qu'une femme de haut savoir initiée avec une simplicité, une modestie parfaites, aux richesses de quatre langues, et dévouée avec habileté aux intérêts de la vie matérielle, mais incapable d'étudier le beau sur les modèles, et s'attachant aux travaux de l'artiste sans être frappée de la spontanéité du génie ou de la naïveté d'une âme d'élite.

Mme la comtesse Merlin, façonnée, comme Mme de Sévigné, au plus élégant savoir-vivre, ne se montre jamais, comme la châtelaine des Rochers, surprise et émerveillée de participer à une fête de la cour, à un sourire du prince, à la plus mince distinction d'un favori. Les âmes grandes, en effet, se sentant toujours supérieures à leur position, dédaignent de constater leur fortune, et ne songent pas à s'énorgueillir des faveurs qu'elles reçoivent. C'est peut-être par la raison contraire : qu'il n'y a pas de gens de plus mauvais ton que ceux qui craignent toujours de n'en avoir jamais un assez bon.

Un souvenir très simple de Mme Merlin suffirait pour établir combien, dans sa jeunesse, la parure et les modes ont été peu dignes de l'occuper. C'était au retour de sa mère d'un long voyage à Paris : « L'usage, dit-elle, avait consacré que toute personne présentée, venant de Paris, devait apporter une offrande à Marie-Louise. Le lendemain de l'arrivée de ma mère, nous faisions l'inspection de tous les objets de curiosités et de modes qu'elle avait apportés de Paris. Je me rappelle encore, entre autres choses, la magnificence et le bon goût du présent qu'elle destinait à la reine ! » — Mme d'Abrantès, femme de cœur autant que de talent, mais qui dut subir l'influence de la frivolité imposée par Napoléon aux femmes de sa cour, comme aux deux impératrices, Mme d'Abrantès, dis-je, n'eut pas manqué de consacrer un demi-volume à la description de cette merveille, qui n'est pas même nommée par Mme Merlin. Mais quoique étrangère à cette passion de frivolité, qui chez les femmes tient moins à une disposition naturelle qu'à l'exemple et à l'éducation maternelle, Mme Merlin n'en éprouve pas moins la plus douce indulgence pour les petitesses auxquelles son âme élevée a toujours su la soustraire. « Mon goût, dit-elle, s'était exercé de préférence sur les grands faits et les hommes illustres de l'antiquité. Cette disposition m'a préservée du caquetage, qui n'est guère propre qu'à rendre l'esprit vulgaire et superficiel ; elle m'a rendue inhabile aux petites choses qui font partie de la vie de la femme ; ce que je regrette, parce qu'elles donnent de la distraction et souvent du plaisir à peu de frais... » Puis elle ajoute : « Dans des momens où j'ai senti mon âme fléchir sous le poids de grandes douleurs morales, je pensais à cette foule de douces jouissances que j'ai dues à mon organisation musicale, et qui, comme des fleurs sans épines, ont été répandues sur moi; alors je baissais la tête et je me résignais!... » Cependant peu de femmes ont réuni autant de conditions de bonheur que Mme la comtesse Merlin. Noble, opulente, merveilleusement belle, forte de cœur comme d'intelligence, son seul talent musical lui eût obtenu la plus flatteuse célébrité; enfin, épouse passionnément aimée et mère privilégiée, qu'a-t-il donc manqué à sa félicité terrestre? Je ne sais, puisque Mme Merlin n'a pas voulu nous le dire, et ne nous a dépeint que ses joies de jeune fille et de mère de seize ans. Mais à travers ce voile de silence et de modestie qui couvre la partie la plus brillante de l'existence de Mme Merlin, on croit entrevoir que cette organisation puissante et poétique fut soumise à des douleurs décisives... et que la vie d'artiste, embrassée avec autant de persévérance que d'ardeur par une âme si tendre ne fut que la noble compensation du bonheur manqué ou rêvé ..

Mme Merlin prouve encore, dans ses *Loisirs* comme dans ses *Mémoires*, que sa lucide intelligence sait reconnaître le mérite avant la lettre, et que son noble cœur ose proclamer le talent qui n'a pas été constaté par le succès. Seule à Paris elle découvrit, dans les *Essais* de la jeune Marie, le génie de Mme Malibran, et le défendit contre les dénégations de l'aréopage musical, qu'elle avait réuni pour l'associer à son admiration.

Nous félicitons encore Mme la comtesse Merlin de s'être courageusement élevée contre ce vieux sophisme de Diderot, si habilement rajeuni de nos jours, que ce n'est qu'avec un cœur froid que le poète et l'artiste peuvent fortement ébranler les âmes ; car, en citant à l'appui de cette assertion, comme on le fait aujourd'hui, deux ou trois auteurs et écrivains plus ou moins célèbres, il n'en reste que mieux démontré que ces hommes de pure intelligence n'échauffèrent jamais que les têtes et les passions. Nous accordons d'ailleurs que pour toucher il n'est pas nécessaire d'entrer dans la réalité des émotions qu'on doit retracer, pourvu qu'on soit capable de les comprendre et de les éprouver. C'et ainsi que Corneille, Racine, Fénelon, Lamartine, Mme de Staël, etc., nous ravissent, en satisfaisant tous les nobles instincts que Dieu a déposés dans nos cœurs, sans avoir éprouvé, dans une situation donnée, les sentimens vrais dont ils ont la conscience et le secret.

Ayant toujours pensé qu'il y a autant d'ostentation à ne faire le bien qu'à huis-clos qu'à ne le pratiquer qu'en public, nous aimons à entendre Mme la comtesse Merlin dire, avec cette simplicité qui fait une obligation plutôt qu'un mérite d'une bonne action, qu'il n'est pas plus généreux d'imposer l'oubli d'un bienfait que d'en tyranniser la reconnaissance ; et c'est à ces sentimens que nous devons plusieurs pièces détachées d'une haute moralité, et quelques morceaux ravissans auxquels nous ne saurions assigner aucun nom. Telle est la visite de l'auteur dans un réduit de la rue Saint-Jacques, où elle va porter les trésors de sa présence et de sa charité à une pauvre femme de lettres qui avait, sans la connaître, sollicité par écrit sa bienfaisance. Cependant rien de plus attendrissant que Mme la comtesse Merlin, assise dans un vieux fiacre conduit par un cocher en guenille pour épargner la vue de son luxe à la misère qu'elle va secourir, et prononçant avec une parfaite candeur : « Je m'acheminai vers ma muse embourbée en pensant que mon léger coup de main serait plus efficace s'il était accompagné de ma visite. »

La description de la mansarde est saisissante de vérité, et la géné-rosité de la visiteuse s'efface devant le sublime courage et la calme résignation de la muse de la misère. Tous ces détails palpitans de vé-rité et d'intérêt amènent l'auteur à cette profonde réflexion : « Les rudes atteintes du besoin plongent l'homme grossier dans un état de stupidité imbécile, mais affectent peu celui que soutient le travail et le goût des arts. Une créature ignorante et lâche à la peine eût été brisée par la tempête, abattue par le besoin, et, sans force morale, eût réduit l'existence au seul sentiment de la faim et de la soif. »

Ces observations profondes, ce sûr instinct du beau, qui découvre de prime abord l'âme grande et indépendante cachée sous le corps dégradé d'un esclave, ou le génie succombant sous le poids de la mi-sère et de l'injustice, n'ont fait cependant considérer les ouvrages de Mme Merlin que comme des signes de grâce et d'élégance de style. Pour obtenir à l'auteur le titre d'écrivain philosophe, il a fallu le tra-vail qu'elle vient de publier dans la *Revue des Deux-Mondes*, sous le titre sérieux de : l'*Esclavage aux Antilles* ; mais la même morale, la même élévation de pensée et de jugement, ont inspiré les *Mémoires* et les *Loisirs*. Nous serions donc heureux d'avoir, par cet article, préparé une plus saine appréciation des premiers écrits de Mme la comtesse Merlin.

Il m'est doux de pouvoir, à l'appui de mes observations, consigner ici un fait qui en est en quelque sorte le résumé, la preuve palpable, et qui établit qu'aujourd'hui même les œuvres d'un écrivain peuvent être l'exacte traduction de ses opinions et de sa vie pratique.

En 183.., un de mes parens, traversant le pont des Invalides, fut attiré par les gémissemens d'une femme qu'on venait de retirer de la rivière, où elle s'était précipitée quelques instans auparavant, et re-connut dans cette malheureuse une orpheline que ma mère avait re-cueillie dans sa première enfance, et que, depuis mon mariage, j'a-vais entièrement perdue de vue. Cette femme, que je nommerai Thé-rèse, reçut dans un hospice tous les soins que réclamait son état, et lorsqu'elle en sortit sans ressource et sans vouloir déclarer son nom et son domicile, mon cousin, qui avait été la voir plusieurs fois pen-dant son séjour à l'hospice, la décida à venir me trouver à Versailles.

La malheureuse m'apprit qu'elle était mariée à un chanteur italien qui, ayant perdu la voix depuis quelques mois, se livrait contre elle, dans son désespoir, aux actes de la plus brutale et de la plus injuste jalousie ; et c'était à la suite d'une de ces scènes les plus violentes qu'elle s'était sauvée dans les flots. Je conclus de ce récit et des réponses de Thérèse aux questions que je lui adressai que ces époux s'aimaient sans dévoûment, et que, de part et d'autre, l'amour-propre révolté serait un obstacle invincible à un rapprochement nécessaire pour la pauvre Thérèse qui, faible, souffrante, presque aveugle, n'avait d'autre ressource que de se réunir à son mari. Mais je trouvai dans Thérèse une inflexible volonté de se laisser plutôt mourir de faim que de recourir à la pitié de son mari ; d'un autre côté, celui-ci, dont j'avais fait secrètement sonder les dispositions, se montrait exaspéré par l'idée du tort que ferait à sa réputation l'éclat de la fuite de Thérèse, et jurait de ne jamais s'en rapprocher.

Je ne savais à quel moyen m'arrêter pour rendre à Thérèse une existence supportable, lorsqu'un soir elle s'écria, en ouvrant le dernier volume des *Mémoires de Mme Merlin*, qu'elle trouva sur mon bureau :

— Ah ! c'est un ange, que cette femme ! C'est à sa protection qu'Alberti a dû les leçons de musique qui, même après la perte de sa voix, nous donnaient une existence aisée. Pour lui plaire, il serait même capable de me rendre heureuse !...

Ces paroles furent pour moi comme un trait de lumière, et je résolus de tenter dès le lendemain une démarche près de Mme Merlin, car je sentais comme Thérèse que c'était empirer son ancienne position que de rentrer dans la maison de son mari sans être rappelée.

Lorsque je quittai Versailles, la matinée promettait une belle journée de juin ; mais à mon arrivée sur les boulevarts éclata tout à coup le plus furieux orage que j'aie vu de ma vie. En un instant, chapeau, robe, souliers, tout fut inondé, brisé, et pas une voiture de place, pas une place d'omnibus ! En jetant un regard sur ma triste personne, je fus tentée de revenir sur mes pas ; mais je songeai à Thérèse sans ressources, à cette chaleur de cœur que révélait chaque page des *Mémoires de Mme Merlin*, et je m'avançai intrépidement vers la rue de Bondi.

La cour de l'hôtel occupé par Mme Merlin était encombrée de malles, de cartons, etc., que quelques domestiques chargeaient sur une voiture de voyage ; tout annonçait un départ immédiat. En effet, la concierge m'arrêta en me disant que Mme la comtesse Merlin allait partir pour Vichy et ne pouvait recevoir personne. Alors, je traçai rapidement quelques lignes dans lesquelles j'exprimais qu'une inconnue venait avec confiance demander une bonne action à Mme la comtesse

Merlin. Le domestique qui s'était chargé de mon billet vint quelques
instans après me dire qu'il allait m'introduire, et je le suivis jusqu'à
un boudoir simple et du meilleur goût, où je trouvai Mme la comtesse
Merlin, qui s'avança gracieusement vers moi en me remerciant de mon
billet. Cette physionomie puissante de femme du Midi unie à la beauté
a plus pure et à une indéfinissable expression d'énergie, de douceur
et de bonté, m'émut si vivement que je restai quelques instans silen-
cieuse, oubliant même l'objet de ma visite. Un sourire légèrement in-
terrogatif de Mme Merlin me ramena à la pauvre Thérèse, et je fis de
ses malheurs une courte narration que je terminai en priant Mme Merlin d'écrire, avant son départ, à Alberti, pour lui faire comprendre la
nécessité d'une réparation envers Thérèse.

— 'Non, non, interrompit-elle après m'avoir écoutée avec l'attention la plus réfléchie; non, cela ne suffirait pas. Que voulez-vous? il
est certaines natures qu'il faut ramener à la dignité morale par les intérêts matériels; je le verrai, je lui ferai comprendre qu'une plus longue séparation le perdra sans retour dans cette opinion à laquelle il
tient plus qu'à ses affections. Je vous remercie encore d'avoir pensé à
moi dans cette occasion.

Elle sonna en prononçant ces mots, donna à un domestique quelque
ordre que je n'entendis pas, et comme je voulais me retirer, elle me
retint pour parler éducation, amélioration morale des mères de famille, etc. Elle me parla aussi du monde, qu'elle connut, je crois,
trop bien pour l'aimer beaucoup; et dans le charme de cette conversation, de plus d'une heure, j'oubliai de lui donner l'explication de l'irrégularité de mon costume; elle parut ne point remarquer mes vêtemens ruisselans sur ses brillans parquets, et je cessai bientôt de m'en
souvenir moi-même.

Je me demandais comment Mme Merlin pourrait voir l'époux de
Thérèse avant son départ, lorsqu'en traversant la cour de l'hôtel je vis
que voiture, chevaux, malles, tout avait disparu. Ainsi, cette femme
élégante, dont la vie est si bien choyée par la fortune et la société, re-
nonçait à des arrangemens pris depuis long-temps, à des dispositions
réglées et à des soins de santé nécessaires, pour ramener l'ordre et la
paix dans un pauvre ménage d'artiste qu'elle connaissait à peine.

Mme Merlin ne put voir Alberti à la campagne qu'il habitait qu'à
sa troisième tentative. Elle réussit. Alberti, tendre et repentant, vint
aux pieds de Thérèse reconnaître et abjurer ses furieux emportemens...
Il me semble que cette action généreuse, accomplie secrètement, sans
autres témoins qu'une inconnue *mal mise*, élève peut-être plus

Mme Merlin que tant d'autres preuves éclatantes de ses nobles dévoûmens à d'héroïques et illustres infortunes.

Je n'ai eu avec Mme Merlin que cet unique rapport et ne l'ai jamais
revue depuis; seulement j'ai reçu d'elle à ce sujet une lettre aimable
qui en contenait une autre remplie des conseils de la plus haute sagesse pour ceux que j'ai nommés Thérèse et Alberti. Puisse-t-elle
apprendre par ces lignes que les deux êtres qu'elle initia aux secrets
du dévoûment sont heureux par elle autant qu'ils peuvent l'être !...
Puisse cette certitude lui laisser un de ces purs souvenirs qu'elle a si
bien décrit dans ces lignes : « Lorsque la mémoire nous reporte vers
le peu de bien que nous avons fait, nous retrouvons la sensation douce
et vive telle qu'elle fut jadis ; on dirait qu'une source si pure reçoit
un rayon du ciel qui l'empêche de s'altérer. »

MADAME SIMON VIENNOT.

LA PETITE FILLE COMME IL FAUT.

Une jeune demoiselle de dix ans au plus, accompagnée d'une dame
d'environ quarante ans, se promenait lentement sur la terrasse du
bord de l'eau, aux Tuileries, par une de ces belles et douces journées
du printemps.

La tournure un peu raide de la dame attestait la vieille fille, et son
costume, bien que modeste, mais d'une simplicité humblement désespérante, ne laissait aucun doute sur sa qualité d'institutrice de bonne
maison. Sa figure n'était ni jolie ni laide, seulement douce et sérieuse. Elle tenait de la même main que son ombrelle une corde et un
cerceau ; une petite fille de douze ans lui donnait le bras de l'autre
côté.

Rien qu'à voir cette enfant, on devinait une petite fille comme il
faut.

Je sais bien qu'aujourd'hui il n'existe aucune différence entre les
enfans riches et ceux des bourgeois aisés, mais il y en aura toujours
une entre un enfant *comme il faut* et un enfant qui ne l'est pas. Le
stras et le diamant se ressemblent, les confond-on jamais?

La petite fille comme il faut est fille de la femme comme il faut;
elles se tiennent comme le bouton de rose tient à la même branche

que la rose épanouie : on ne devient pas *comme il faut,* pas plus qu'on ne devient blonde ou brune ; on naît ainsi.

De même que sa mère, la petite fille comme il faut ne portait ni couleurs tranchées et éclatantes, ni bas à jours, ni ceinture à boucle, ni bijoux, ni plumes, ni fleurs. Sa robe simple et de bon goût couvrait chastement ses bras et ses épaules ; son pantalon n'était point surchargé de garnitures qui bouillonnent autour d'un petit pied, et font à la vue des deux personnes qui entraient dans la cour et qui se dirigeaient vers la porte du concierge, il s'avança courtoisement au devant d'elles et les salua profondément.

— Qui me procure l'honneur de votre visite, mesdemoiselles ? dit-il.

— Monsieur le comte, Mme de Riss m'a fait dire, par Mlle Delphine, de la conduire faire une visite à Mlle Adeline, répondit l'institutrice.

— Il y a probablement erreur, dit M. de Choisy se redressant étonné.

— Parlez, Delphine, dit Mlle Elisa à son élève.

— Mon Dieu, c'est bien simple, répondit Delphine d'un air d'impatience ; maman m'a dit bonnement : Tu prieras Mlla Elise de te mener faire une visite à Mlle de Choisy.

— Il y a erreur : ma fille et sa mère ont quitté Paris depuis deux jours, dit M. de Choisy.

— Alors maman l'ignorait, reprit la petite fille, comme enchantée de la présence d'esprit qui lui faisait trouver cette phrase-là.

— Je lui ai dit moi-même hier au soir, dans sa loge à l'Opéra, où j'ai eu l'honneur d'aller la saluer, dit le comte.

— Alors... dit Delphine toute heureuse.

— Alors il ne nous reste plus qu'à vous saluer, monsieur le comte, dit l'institutrice, prenant congé de M. de Choisy ; et elle sortit, suivie par son élève.

Le trajet jusqu'à la maison qu'occupait Mme de Riss se fit en silence ; Mlle Elisa était sérieuse. Delphine marchait les yeux baissés, et comme si elle redoutait une explication. Il n'y en eut pas ; seulement Mlle Elisa se contenta, en arrivant chez Mme de Riss, de lui raconter les faits tels qu'ils s'étaient passés, sans y ajouter un seul commentaire, sans faire aucune observation, et la mère de Delphine répondit simplement :

— Ce que vous me dites m'afflige, mademoiselle ; nous allons être obligées de ne plus croire un mot de ce que dira Delphine.

Puis on en reste là, du moins en apparence.

Après dîner, Mme de Riss parlant d'aller promener à pied, Delphine, qui était contre la croisée, s'écria :

— Il pleut, maman.

Sans répondre à sa fille, Mme de Riss sonna.

— Voyez s'il pleut, dit-elle au domestique.

— Oui, madame, répondit celui-ci.

— Mettez les chevaux, dit Mme de Riss.

Delphine dissimula mal la contrariété que lui fit éprouver le manque de confiance de sa mère : mais elle ne dit rien, et continua à rester contre les croisées qui donnaient sur la cour, étant à portée de voir ce qui s'y passait. Tout à coup un grand bruit se fit entendre, et Delphine s'écria :

— C'est le gris qui a rué et qui a donné un coup de pied à Baptiste.

— Voyez donc si c'est vrai, ma chère demoiselle, dit Mme de Riss à l'institutrice, qui y alla voir et répondit :

— C'est vrai, madame.

Delphine, humiliée jusqu'au dernier point, devint très rouge et ne dit plus un mot du reste de la soirée.

Le lendemain, Mlle Élisa l'ayant chargée d'une commission pour sa mère, celle-ci l'écouta très froidement, puis sonna, en disant à un domestique d'aller s'informer si le fait était exact.

Après le départ du domestique, Delphine, qui avait eu toutes les peines du monde à retenir ses larmes, éclata en sanglots.

— Punissez-moi d'une autre manière, maman, dit-elle en joignant les mains, mais croyez désormais à ma parole.

Sa voix était pleine de sanglots.

Mme de Riss eut pitié de sa fille, et ne continua pas sa cruelle expérience.

Du reste, nous devons l'affirmer, Delphine, plus punie par l'humiliation que lui causait le manque de confiance de sa mère que par aucune autre des pénitences ordinaires qu'on inflige aux enfans, ne

retomba plus dans une pareille faute, et le jour où sa mère lui dit :
« Je te crois maintenant ! » fut pour elle un des plus beaux jours de
son enfance.

Du reste, il est vrai de le dire, les petites filles comme il faut ont
peu de défauts ; ne voyant et ne recevant que de bons exemples,
n'étant entourées que de personnes comme il faut, elles ne com-
mettent aucune de ces fautes qui sentent la mauvaise éducation.
Ainsi, comme on ne leur refuse aucune des gourmandises qui ornent
la table des riches, elle ne sont pas gourmandes ; la simplicité dans
laquelle on les élève les empêche d'être orgueilleuses et vaniteuses ;
la manière polie avec laquelle on leur adresse la parole fait qu'elles
ignorent l'impertinence d'une demande, et ne pensent pas à répondre
d'une autre manière qu'on leur parle ; il n'y aurait donc à craindre
pour elles que le mensonge ou la paresse. Vous venez de voir comment,
dans une âme bien née, on peut détruire ce premier défaut ; on combat le second par le travail. Les petites filles comme il faut ont bien
moins de temps à perdre que les autres petites filles, car toutes les
heures de leurs journées sont occupées.

A sept heures en hiver, ou six en été, on sonne chez *mademoiselle*,
c'est ainsi que les domestiques désignent la demoiselle de la maison,
qui couche ordinairement dans un cabinet attenant à l'appartement de
sa mère ou de son institutrice. La femme de chambre entre dans la
chambre, ouvre les volets, allume le feu, s'il fait froid, et habille mademoiselle, qui ne s'échappe de ses mains que pour courir dans la
chambre de son institutrice.

La journée commence par la prière, puis la leçon d'écriture, de
grammaire et d'histoire, qui dure jusqu'à l'heure du déjeûner. Bientôt après arrive la maîtresse de piano, car dans beaucoup de bonnes
maisons on tient à ce que l'éducation d'une jeune fille soit en grande
partie confiée aux femmes ; ainsi c'est une femme qui enseigne le
piano, et quand cette femme s'appelle Mlle de Dietz, il n'y a pas de
professeur (homme) à mettre en concurrence avec elle.

Vers deux heures, la petite fille *comme il faut* va passer une heure
au Tuileries ou au Luxembourg : elle rencontre là ses petites amies,
joue au cerceau ou à la corde, ou se promène à l'instar de sa mère,
lentement et en causant le plus sérieusement du monde des choses qui
le sont le moins.

MADAME EUGÉNIE FOA.

MADAME DE FOUGERET.

De longues méditations, des essais fréquemment et laborieusement répétés, ne produisent souvent que de faibles résultats, tandis qu'une seule idée heureuse peut devenir la source féconde des bienfaits les plus durables ; c'est l'éclair qui suffit pour orienter le voyageur au milieu de l'obscurité ; c'est le fil qui doit faire trouver l'issue du labyrinthe ; mais ce fil, il a fallu le saisir et le conserver. Cet éclair, s'il brille et disparaît sans que l'attention soit éveillée, demeure sans effet. Le succès n'est point la récompense du seul génie : il faut que la volonté et l'attention le préparent, que la persévérance le réalise.

Sans ce désir constant de parvenir au but qu'elle s'était proposé, sans cette activité, cette suite nécessaire au succès, la fondatrice de la Société de *Charité maternelle* eût sans doute fait le bien, car son cœur l'aimait ; cependant ce bien, borné comme sa fortune, temporaire comme son existence, ne lui aurait pas obtenu de place parm les bienfaiteurs de l'humanité.

Anne-Françoise Doutremont, née à Paris en 1745, reçut dans la maison paternelle les enseignemens et les exemples les plus propres à développer son heureux naturel. M. Doutremont, son père, était un jurisconsulte très distingué, et sa mère, remarquable par son esprit et ses vertus, était fille de M. Aubry, dont le nom s'est conservé au rang des premières notabilités du barreau de Paris. Mariée fort jeune à M. de Fougeret, receveur général des finances, la digne héritière de ces hommes de talent, distinguée, comme eux, par la justesse des idées, l'élégance et la clarté de l'expression, sut, de bonne heure, allier les devoirs de famille à ceux de la société, être à la fois institutrice de ses enfans et maîtresse de maison, réunir auprès de son père et de son mari un cercle où se groupaient, comme par attraction, autour d'elle, la vertu sans morgue et les talens sans prétention.

Tant d'affections et des devoirs si multipliés n'absorbèrent pas s entièrement les facultés de cette âme active, que la compassion et les œuvres qu'elle entraîne n'y trouvassent aussi leur place. L'amour de madame de Fougeret pour ses enfans la rendait particulièrement sensible à l'infortune de ceux qui sont abandonnés.

M. Doutremont, son père, long-temps administrateur des hôpitaux, déplorait souvent l'encombrement de la maison des Enfans-Trouvés et l'affreuse mortalité qui en était la suite ; les conditions établies dès l'origine ne présentaient plus assez d'avantage pour procurer un nombre suffisant de nourrices internes, et cependant une cause de mort presque inévitable était le séjour des enfans à l'hospice. Les soins vigilans des sœurs de la Charité ne pouvaient réussir à préserver les nouveau-nés d'une contagion causée par leur réunion et souvent aussi par la source corrompue où plusieurs avaient puisé la vie ; et malgré la plus admirable propreté, la mort planait sur cette *crèche*. C'était le nom que, par une pieuse allusion à l'enfance du Sauveur, on avait donné à la grande salle de l'hospice de la rue Notre-Dame, aujourd'hui le bureau central. Cette salle immense était garnie de quatre rangées de petits berceaux blancs, dont la symétrie et la propreté charmaient l'œil en même temps que le cœur était profondément touché à l'aspect de tant d'innocence et de malheur. La division gens, vengez-moi ! vengez votre jeune prince assassiné par ses main cruelles... » Les soldats se précipitèrent en brandissant l'épée nue sur le captif, lequel, en voyant la duchesse, avait laissé aller la jeune fille, et semblait vouloir donner quelques explications. Mais, à la vue des lames étincelantes qui menaçaient le sein où elle avait reposé naguère, Aëlis fit un cri perçant, d'un mouvement rapide se jeta devant Richard comme pour le protéger de son faible corps, et reçut dans le cœur le coup mortel destiné à celui de son amant.

Une douloureuse clameur s'échappa de toutes les bouches, les épées tombèrent à terre, et l'infortunée Aëlis, que Richard éperdu avait reçu toute sanglante dans ses bras, expira à l'instant même en, attachant sur lui son tendre et dernier regard. Tout ceci s'était passé en quelques secondes, et la duchesse, malgré son empressement à courir d'abord vers sa fille, n'était point arrivée près d'elle assez à temps pour prévenir cette affreuse catastrophe ; elle la prit dans ses bras, s'efforça d'abord d'arrêter le sang qui coulait à flots de la blessure, et de la ranimer par ses baisers ; mais la mort avait déjà glacé les lèvres et le regard de la tendre fille, et la malheureuse mère ne tenait plus qu'un cadavre. Toutefois, l'excès de la douleur avait tari en elle la source des larmes ; le sombre transport qui l'agitait ne se manifestait ni par des sanglots ni par des plaintes ; seulement elle fit signe qu'on

MADAME DE FOUGERET.

De longues méditations, des essais fréquemment et laborieusement répétés, ne produisent souvent que de faibles résultats, tandis qu'une seule idée heureuse peut devenir la source féconde des bienfaits les plus durables; c'est l'éclair qui suffit pour orienter le voyageur au milieu de l'obscurité; c'est le fil qui doit faire trouver l'issue du labyrinthe ; mais ce fil, il a fallu le saisir et le conserve. Cet éclair, s'il brille et disparaît sans que l'attention soit éveillée, demeure sans effet. Le succès n'est point la récompense du seul génie : il faut que la volonté et l'attention le préparent, que la persévérance le réalise.

Sans ce désir constant de parvenir au but qu'elle s'était proposé, sans cette activité, cette suite nécessaire au succès, la fondatrice de la *Société de Charité maternelle* eût sans doute fait le bien, car son cœur l'aimait; cependant ce bien, borné comme sa fortune, temporaire comme son existence, ne lui aurait pas obtenu de place parmi les bienfaiteurs de l'humanité.

Anne-Françoise Doutremont, née à Paris en 1745, reçut dans la maison paternelle les enseignemens et les exemples les plus propres à développer son heureux naturel. M. Doutremont, son père, était un jurisconsulte très distingué, et sa mère, remarquable par son esprit et ses vertus, était fille de M. Aubry, dont le nom s'est conservé au rang des premières notabilités du barreau de Paris. Mariée fort jeune à M. de Fougeret, receveur général des finances, la digne héritière de ces hommes de talent, distinguée comme eux par la justesse des idées, l'élégance et la clarté de l'expression, sut de bonne heure allier les devoirs de famille à ceux de la société, être à la fois institutrice de ses enfans et maîtresse de maison, réunir auprès de son père et de son mari un cercle où se groupaient, comme par attraction, autour d'elle, la vertu sans morgue et les talens sans prétention.

Tant d'affections et des devoirs si multipliés n'absorbèrent pas si entièrement les facultés de cette âme active, que la compassion et les œuvres qu'elle entraîne n'y trouvassent aussi leur place. L'amour de

8

Mme de Fougeret pour ses enfans la rendait particulièrement sensible à l'infortune de ceux qui sont abandonnés.

M. Doutremont, son père, long-temps administrateur des hôpitaux, déplorait souvent l'encombrement de la maison des Enfans-Trouvés et l'affreuse mortalité qui en était la suite ; les conditions établies dès l'origine ne présentaient plus assez d'avantage pour procurer un nombre suffisant de nourrices internes, et cependant une cause de mort presque inévitable était le séjour des enfans à l'hospice. Les soins vigilans des sœurs de la Charité ne pouvaient réussir à préserver les nouveau-nés d'une contagion causée par leur réunion et souvent aussi par la source corrompue où plusieurs avaient puisé la vie ; et malgré la plus admirable propreté, la mort planait sur cette *crèche.* C'était le nom que, par une pieuse allusion à l'enfance du Sauveur, on avait donné à la grande salle de l'hospice de la rue Notre-Dame, aujourd'hui le bureau central. Cette salle immense était garnie de quatre rangées de petits berceaux blancs, dont la symétrie et la propreté charmaient l'œil en même temps que le cœur était profondément touché à l'aspect de tant d'innocence et de malheur. La division actuelle de ces enfans, par chambrées, paraît laisser plus de chances à leur conservation, ce qui doit toujours être le premier but, mais parle moins au cœur et à l'imagination.

Cependant le lait de chèvre ou de vache pouvait suppléer à celui des nourrices. Mme de Fougeret proposa, en 1784, à l'administration de se charger d'un certain nombre d'enfans qu'elle confierait à des femmes âgées et sans emploi, qui devaient se contenter du prix modique que donnait l'hospice. L'offre acceptée, Mme de Fougeret fit construire une grande voiture contenant vingt berceaux suspendus. Des femmes, choisies par elle dans le canton où se trouvaient les propriétés de M. de Fougeret, vinrent chercher les enfans qui devaient être confiés à leurs soins. Quatre voyages se succédèrent en peu de temps ; mais toute la prévoyance de leur mère adoptive ne put empêcher que les trois quarts de ces pauvres enfans ne mourussent dans la première année. L'administration, dont les registres offraient une mortalité bien plus affligeante encore, n'était pas découragée ; mais le cœur qui cherchait le bien sentait qu'il ne l'avait pas encore trouvé.

Cet hospice, dont la fondation, vrai miracle de charité, avait été comme enlevée par saint Vincent-de-Paul à l'attendrissement de quelques dames, n'avait eu pour objet que les enfans nés hors mariage, triste rebut de la société que l'on voyait alors vendre dans les rues, quand ils n'y expiraient pas de froid et de faim. La misère et la corruption des mœurs avaient fait usurper par les enfans légitimes cet asile qui ne leur était pas destiné. Ils se reconnaissaient à un extrait de baptême ordinairement attaché à leurs langes, dernière étincelle d'un amour étouffé dans son principe, précaution d'un espoir lointain qui engourdissait le remords; cependant ces innocentes créatures mouraient faute de nourrices, tandis que leurs mères souffraient peut-être de l'abondance de leur lait. Cette pensée fut un trait de lumière pour Mme de Fougeret. Il n'était plus besoin de nourrices étrangères; c'était au sein maternel qu'il fallait les attacher; c'était la misère, cause de leur abandon, qu'il fallait secourir. Racheter pour eux le lait de leurs mères, c'était les rendre en même temps à la vie et à la société, et rappeler leurs parens aux premiers devoirs de la nature.

L'exécution d'une idée si heureuse offrait à une personne privée de très grandes difficultés. Il n'en est point d'insurmontables à l'amour du bien et à la constante volonté de le réaliser. Habileté dans les moyens, persévérance dans les efforts, influence du talent et de la vertu, tout fut mis en œuvre, tout concourut au succès. Le public veut des garanties : trop modeste pour se mettre en avant, Mme de Fougeret trouva dans le rang et les vertus de Mme la duchesse de Cossé, qui déjà s'honorait du titre de supérieure des Enfans-Trouvés, tout ce qui devait assurer la confiance. Ce fut au nom de cette dame qu'un premier appel fut fait à la charité des mères de famille, et bientôt Mme de Fougeret et sa protectrice virent se réunir autour d'elles tout ce que Paris comptait alors de femmes opulentes et considérées. De sages règlemens avaient été préparés d'avance; les quartiers étaient partagés, les dépenses fixées. Toutes les chances étaient prévues avec tant de sagesse que ni le temps ni les révolutions n'ont apporté aucun changement à ces reglemens, qui dirigent encore les établissemens de charité maternelle qui se sont formés dans toutes les grandes villes du royaume. Ce nom de *Charité maternelle*, qui témoigne honorablement des principes de la fondatrice, ne fut pas ce qu'il y eut de plus facile à faire adopter. On voulait un nom dérivé du grec: mais, fidèle à la vertu, qui l'avait si bien inspirée, Mme de Fougeret ne voulut pas qu'une œuvre si simple et si chrétienne s'annonçât sous l'enseigne d'un bureau d'esprit.

Ce fut en 1788 que la Société commença ses travaux. Le nom du roi Louis XVI ouvrait la liste des souscripteurs, et la reine Marie-Antoinette avait accepté le titre de protectrice. Le premier cachet de la Société, emblème parlant de son institution, représentait « Moïse sauvé des eaux et confié à sa propre mère par la fille de Pharaon. »

Cette ingénieuse image fut aussi impuissante que les bienfaits répandus par la reine sur le peuple de Paris pour conjurer l'orage dirigé contre cette princesse infortunée. Il fallait alors quelque courage pour faire même l'aumône en son nom ; cependant les dames de la Société s'en chargèrent avec zèle. Plusieurs fois Mme de Fougeret entendit la fille de Marie-Thérèse lui raconter ses douleurs avec intérêt et confiance : elle confondit ses larmes impuissantes avec celles de sa souveraine, et rentrait toujours le cœur brisé après ces tristes épanchemens.

Déjà la plus grande partie des dames qui composaient la Société quittaient la France ou peuplaient les prisons. Sa fondatrice, mandée par les comités de bienfaisance, luttait courageusement contre les innovations que voulaient lui dicter les bonnets rouges en faveur des filles-mères, auxquelles ils votaient des primes. Sa propre arrestation mit fin à ces combats, sans pourtant interrompre les secours commencés, qui, par une sage ordonnance des règlemens, étaient assurés pour chaque enfant avant son admission. Ainsi tous les engagemens furent remplis ; mais l'œuvre fut suspendue. Les sources étaient taries, les ouvrières dispersées.

Les cruelles épreuves auxquelles l'auteur de tant de bien fut alors condamnée furent pour Mme de Fougeret autant d'occasions de développer la grandeur et la force de son caractère. Elle reçut, après trente ans de l'union la plus douce, les adieux d'un époux, digne associé de ses bonnes œuvres : on le traînait à l'échafaud. Ses enfans, à la fois frappés dans leur santé et dans leur fortune, recevaient d'elle les soins qui soulagent et les exemples qui fortifient. Luttant sans cesse contre le malheur ou contre l'injustice, sans autres armes que son bon droit et son éloquence, elle tira souvent des larmes des yeux les moins habitués à en verser. Elle étonna par l'énergie de ses réclamations ceux qui ne reculaient pas devant le crime.

Après la restitution de ses biens confisqués, Mme de Fougeret se retira à la campagne. Sa maison pouvait encore offrir un asile à sa famille : chef d'une tribu paisible, au milieu de l'agitation générale, elle y voyait régner l'accord le plus parfait, la plus douce union. De nombreux enfans entouraient sa table : elle était l'objet du respect et de l'amour de tous. C'est de là que, venant d'apprendre l'adoption grandiose que Napoléon avait faite de la Charité maternelle, elle écrivait avec gaîté « qu'une seule de ses filles avait fait fortune, mais qu'admise à la cour, elle méconnaissait sa mère. »

En effet, par un oubli contre lequel elle ne réclama point, son nom ne fut pas même placé, à titre de membre honoraire, sur les listes impériales.

Cependant les dames qui s'étaient de nouveau réunies après la tourmente, et qui rétablirent et soutinrent la Société sous les diverses gouvernemens qui se succédèrent, conservèrent toujours des relations d'égards avec leur première fondatrice. Elles honorèrent sa mémoire par un éloge qui fut inséré dans les journaux, lorsque, après une longue et cruelle maladie, Mme de Fougeret eut terminé, en 1813, une carrière si pleine de vertus et de bonnes œuvres.

Le compte-rendu de la Société de Charité maternelle de Bordeaux (1813) contient un éloge de Mme de Fougeret dont nous ne pouvons nous défendre d'extraire les lignes suivantes : « Ombre chère et vénérée de l'humble auteur de tant de bien, reposez en paix dans le sein de la divinité, dont vous fûtes une émanation si pure, et goûtez-y le bonheur qui vous a fui sur la terre. Votre mémoire, toujours honorée, vivra dans le cœur des bonnes mères, pour qui vous avez été une source de consolations, et dans ceux des amis de l'humanité, qui préféreront vos vertus utiles et modestes à l'éclat de tant de renommées historiques. »

L'éloge de la fondatrice de la Charité maternelle serait trop incomplet, s'il n'était terminé par un tableau succinct des progrès et des résultats de cette œuvre, dont l'existence date bientôt d'un demi-siècle.

Lors de l'établissement de la Société, en 1788, Louis XVI, outre sa souscription particulière et celle de la reine, avait fait doter la nouvelle Société de 24,000 fr. sur les annexes de la loterie. Plus tard, Napoléon, qui comprenait tout ce que cet établissement pouvait avoir d'influence sur les mœurs et même sur la population, l'avait, suivant son génie porté à tout agrandir, déclaré établissement impérial par sénatus-consulte, et placé sous la protection de l'impératrice Marie-Louise.

Des sociétés sur le modèle de celle de Paris furent établies dans toutes les grandes ville, et une dotation de 500,000 fr. fut répartie entre elles, suivant leurs besoins.

Il faut ajouter que, plus habitué aux voies administratives qu'aux formes de la charité, le nouveau protecteur taxa les souscriptions à 500 fr., et que toutes les femmes de la cour impériale avec celles des hauts fonctionnaires se virent obligées d'accepter cet impôt. Cependant la Société était rétablie depuis plusieurs années par les soins de Mmes de Pastoret et Grivel, qui peuvent en être regardées comme les secondes fondatrices; mais elle comptait peu de personnes en état de satisfaire à la nouvelle taxe. Les convenances réciproques de zèle ou d'indifférence devaient tout arranger. Celles-ci continuèrent leurs soins et celles-là versèrent de l'argent.

La Société, trouvée dans un état prospère par la restauration, ne fut pas négligée par elle. Une dotation de 40,000 fr. sur le trésor royal fut attribuée à la Société de Paris, et des allocations proportionnelles furent accordées à celles des autres villes. ·

Mme la dauphine reconnut avec attendrissement la signature de la reine sa mère aux procès-verbaux des assemblées qui avaient été tenues en sa présence. Elle voulait, comme elle, recevoir les dames administrantes et entendre, chaque année, le compte-rendu des recettes et des travaux de la Société, entrer dans tous les détails des besoins du pauvre, et y apporter, outre ses bienfaits annuels, tout l'adoucissement dont l'immensité des demandes qui s'adressaient à elle lui laissait encore la disposition. Aussi, au titre de PROTECTRICE, la princesse ajouta-t-elle, avec raison, celui de PRÉSIDENTE.

Ces comptes-rendus, imprimés tous les ans pour donner connaissance au public de l'emploi des sommes dues à la confiance du gouvernement et des particuliers, forment en quelque sorte l'histoire de l'institution. Ils montrent qu'elle doit à la sagesse de son administration une économie de plus de 4,000 fr. de rente, placés dans les fonds de l'état ; à la vaste munificence de Montyon un don annuel de 1,020 fr., et à la charité publique plusieurs autres legs.

Ces sommes, réunies aux souscriptions et à la dotation du gouvernement, mettent la Société en état d'adopter environ sept cents enfans par année.

Dans ce grand nombre d'enfans, il en est plusieurs que la misère eût fait abandonner, et, sous ce rapport, le but, la conservation de l'enfant à sa famille, est atteint par l'institution. Il en est sans doute aussi que leurs mères, malgré leur pauvreté, n'eussent point laissé arracher de leurs bras ; mais les mères ne sont-elles pas plus dignes encore que les autres d'êtres aidées dans leurs efforts, secourues dans leur épuisement ?

Salut pour les uns, bienfait incalculable pour les autres, la Charité maternelle compte, depuis son établissement, une vaste population d'adoptés, dont quelques-uns réclament peut-être aujourd'hui pour leurs enfans les soins dont ils ont été l'objet.

Honneur à la main qui a versé ce baume héréditaire sur des infortunes héréditaires aussi ! Elle a bien mérité de l'humanité, de son pays et de son sexe, en qui elle a trouvé de dignes dépositaires du bienfait dont elle leur a légué la continuation.

MADAME DE MAUSSION, née FOUGERET.

UNE MATINÉE A L'ÉGLISE DE LA MADELEINE.

Le temps était sombre, des vapeurs brumeuses voilaient l'horizon. Debout à une fenêtre donnant sur des jardins dont je n'apercevais que la cîme des arbres balancée dans les airs par un vent du sud, je demeurais pensive, cherchant en mon cœur des souvenirs qui pussent s'harmoniser avec cet aspect langoureux de la nature. Mais vainement je sollicitai ces douces émotions ; soit mouvement intérieur, soit dispositions contraires, je me vis forcée d'abandonner ce désir, le considérant comme un rêve de bonheur qui échappe avant qu'on ait eu le temps de le saisir. Cependant, un vague indéfinissable heurtait toutes mes pensées ; je ne pouvais m'arrêter à aucune image triste ou riante; toutes m'échappaient. Pressée de m'arracher a cet état, je sortis de chez moi sans but, dirigeant mes pas au hasard. J'avais fait à pied un assez long trajet sans m'en apercevoir, traversé des places, des ponts, sans pouvoir m'en rendre compte; enfin, à mon grand étonnement, je me trouvai à la Madeleine, je montai lentement les degrés de l'église.

Une musique suave vint me serrer le cœur en entrant dans ce saint lieu, dont les voûtes dorées me semblaient être le firmament, l'espace où se perdaient ces sons pour arriver jusqu'à Dieu! Je me plaçai dans un coin à gauche, en entrant, et m'abandonnai tout entière à mes réflexions.

Dans une immobilité complète, adossée contre un pilier, mon regard se faisant jour à travers la foule, s'arrêta au milieu de l'enceinte, sur un groupe de jeunes filles vêtues de blanc et voilées comme des vierges qui viennent offrir à Dieu tout ce qu'elles ont de pur dans l'âme.

Cette solennité de la première communion, qui me rappelait les plus belles années de ma jeunesse, fit briller des larmes au bord de mes paupières! Si j'avais eu ma plume alors, je ne sais où elle se serait arrêtée, si elle eût entrepris de décrire tout ce que je ressentais!

O regrets du passé, que vous êtes amers! Douces et chères illusions de cet âge où tout semble nous présager le bonheur, pourquoi nous abandonnez-vous?

Avec quelle constance mon regard demeurait attaché sur ces jeunes filles, qui se trouvèrent en un moment, et dans un silence parfait, rangées en procession!

La foi, j'en suis sûre, jaillissait de tous les cœurs. C'est si beau, si bon de croire en Dieu! Oh! dans ce moment où l'âme se sent digne de s'élever jusqu'à lui, on est heureux d'avoir à lui offrir, comme le gage de son amour, ses peines, ses douloureux souvenirs : oui, alors on est presque heureux de ses souffrances ; il y a tant de dignité dans de certaines douleurs !

Toutes ces jeunes filles qui précédaient le Seigneur avançaient lentement, et cependant, malgré cette marche lente, je redoutais le terme de cette cérémonie, tant elle plongeait mon âme dans de douces et ravissantes extases. Ce recueillement, ce respect dans le maintien de tous les assistans completaient la majesté de la cérémonie.

Le cortége des vierges s'avançait; toutes me paraissaient belles;
c'est que toutes étaient pures comme la fleur qu'elles tenaient entre
leurs mains en signe de leur paix avec Dieu.

A leur passage, l'air se parfumait des plus suaves émanations; tout
était imposant, sublime, et me paraissait digne du Créateur auquel
on offrait ces pieux et saints mystères.

A ma gauche était adossée, au même pilier que moi, une femme
d'une mise fort simple, mais distinguée. Sa figure était empreinte
d'un cachet de tristesse qui me la faisait trouver bien belle et bien
intéressante; souvent mon regard s'attachait sur elle, comme s'il eût
pu dans son regard découvrir les secrètes douleurs de son âme. Oh!
oui, tout en elle révélait une plaie encore saignante. Je ne me trom-
pais pas; cette sympathie qui m'entraîne vers les infortunés, cette fois
encore n'était point en défaut; car des sanglots qu'elle comprimait
sous son mouchoir vinrent trahir des souffrances que mon cœur avait
devinées. Toute sa douleur avait passé dans mon âme; je m'étais as-
sociée aux tristes souvenirs qui paraissaient l'accabler si cruelle-
ment. J'aurais voulu tenir une de ses mains, la presser avec force,
afin de lui révéler ma sympathie; elle est si consolante cette pensée,
qu'un cœur nous a compris, que des yeux se sont mouillés de pleurs
en voyant couler nos pleurs! Oh! non, tout n'est pas, comme on le
dit, égoïsme en ce monde; avec une semblable croyance, la vie ne
deviendrait-elle pas odieuse!

Les parfums de l'encens remplissaient l'air sous les voûtes sacrées.
Tout le monde mit un genou à terre, et moi j'inclinai ma tête bas,
bien bas, devant le calice qui venait de s'arrêter à quelques pas de
moi. Alors, une femme jeune, belle et bien parée, tenant en ses bras
un enfant beau comme un ange, dont la chevelure blonde et le front
pur étaient ceints par une guirlande de roses blanches comme lui,
s'approcha du saint-sacrement afin que son fils touchât le Seigneur.

Qu'elle était joyeuse, cette femme! Il lui sembla sans doute qu'elle
venait de ratifier un pacte de bonheur que son amour de mère avait
rêvé. Lorsqu'elle enleva son enfant, je fermai les yeux, et crus le voir
remonter vers le ciel.

Je demeurai là jusqu'à ce que la cérémonie fût entièrement achevée,
et je pus me réjouir encore du bonheur de toutes les mères qui se

pressaient aux portes de l'église, tendant les bras à leurs filles, pour les étreindre contre leurs cœurs.

Avec quelle joie chacune d'elles enlevait ce bien précieux! Quelle fierté dans leur regard! Oh! c'est un beau jour, enfans, que celui où, pures encore de toute votre pureté, vous promettez à Dieu de ne jamais vous écarter des devoirs que vous imposent la nature et la religion. Ne souillez jamais ces souvenirs par une mauvaise action; le bonheur de votre vie dépend de ce jour où vous entrez dans ce monde, de ce jour où vous êtes dignes de votre Dieu; qu'ils restent à jamais gravés dans votre mémoire, dans votre cœur, ces sermens solennels! Apprenez dès lors à n'être jamais parjures envers aucun de ceux qui commanderont vos devoirs; rappelez-vous que sur eux pèse le bonheur des familles, de la société entière ; que nous sommes tous responsables des conséquences que leur oubli entraîne.

Voilà ce que dans mon cœur je disais à toutes ces créatures, au sort desquelles il me semblait que j'étais identifiée. Je leur parlais encore, que toutes étaient disparues; je restais là, à cette même place d'où j'avais tout vu, tout observé, sans avoir été remarquée de personne.

Et pourquoi restai-je encore quand ce lieu fut désert? Pourquoi? Vous le devinez. Je n'y étais pas entièrement seule, et le bonheur des uns ne m'avait pas fait oublier la douleur de l'autre.

Voilà cette pieuse et sainte femme qui vient de quitter ce pilier qui nous était commun pour s'agenouiller au pied d'un autel où elle demande à Dieu, sans doute, l'oubli de cette douleur qui la fatigue et empoisonne l'existence dont elle n'a pas la force de se défaire, parce que cette pure religion qui brûle en son cœur lui rappelle sans cesse qu'elle n'en a pas le droit.

Comme elle prie avec ferveur! avec quelle foi ses yeux se lèvent alternativement vers le Dieu qu'elle implore et vers le ciel qu'elle aperçoit à travers les vitres diamantées qui éclairent ce saint lieu !

Elle reste agenouillée bien long-temps; plus personne, absolument personne dans l'église, pas même les donneurs d'eau bénite.

Dans la crainte de troubler son recueillement et d'intimider sa douleur, je me cachai; et, avide de ses moindres mouvemens j'attendis avec impatience celui qui m'indiquerait sa sortie, car j'avais résolu de m'attacher à ses pas. •

Elle se lève enfin, je la suis jusqu'à la chapelle de la Vierge ; là, elle fait allumer un cierge, s'agenouille encore, prie, et la main décrépite d'une vieille femme s'étant avancée pour recevoir le prix de l'offrande qu'elle venait de faire à la Vierge, mon inconnue se dirigea vers la porte de l'église. Mes pas touchent les siens, je lui présente de l'eau bénite ; elle lève sur moi un regard encore baigné de pleurs, baisse son voile, puis, m'ayant saluée, descend les gradins qui séparent l'église des pavés profanes.

Elle semble marcher au hasard, la tête baissée, les mains croisées sur son livre de prières. Rien de ce qui se passe autour d'elle ne la détourne de ses tristes et profondes rêveries ; ma sollicitude pour elle va toujours croissant, et il me tarde bien de lui adresser la parole. Sa préoccupation l'empêcha d'apercevoir un cabriolet dont la roue touchait presque à ses vêtemens ; je m'élançai sur elle, et, la saisissant par le bras, la détournai du danger qui la menaçait. J'épargnerai à mes lecteurs les remercîmens et les expressions de reconnaissance dont sa bouche fut si prodigue.

Nous finîmes par marcher l'une auprès de l'autre, en disant de ces riens qui pour moi étaient le prélude des aveux que j'espérais obtenir de son cœur que j'avais jugé si confiant. C'est souvent par des banalités qu'on arrive aux choses les plus sérieuses.

— Nous venons d'assister toutes deux à une bien touchante et bien belle cérémonie, lui dis-je.

— Cela est vrai, me répondit-elle en poussant un profond soupir et en levant sur moi de grands yeux noirs, dont l'expression morne et abattue restera sans cesse dans mon souvenir ; — oui, bien belle pour les uns, et bien triste pour les autres ! Ah ! madame, quelle plaie vous faites saigner en mon cœur !

— Si j'osais vous dire moi-même tout ce que vous m'inspirez et tout ce que j'ai deviné de vos souffrances...

— A quoi, madame, suis-je redevable de ces nobles sentimens que je vous inspire ?

— A quoi ? lui dis-je ; et ne croyez-vous point à cette sympathie qui unit les âmes qui se comprennent ? Ne croyez-vous pas à ce bonheur d'un être dont le cœur s'attache aux cœurs souffrans pour deviner leur douleur et la partager ? Doutez-vous qu'il y ait des femmes qui fuient les êtres heureux pour rechercher ceux que le malheur accable ? Est-il une jouissance plus pure que celle que l'on ressent à la pensée qu'on a ramené le calme dans une âme abattue, et remplacé sa faiblesse par une noble résignation ?

Je le sens, vous n'avez pas de raison pour croire aux sentimens que je vous exprime ; nous nous sommes si peu vues : mais venez chez moi, venez ; cela vous inspirera peut-être plus de confiance, et puisque le ciel semble nous avoir faites sœurs, nous ne pouvons manquer de nous comprendre. Venez, venez. — Et je l'entraînai jusqu'à ma demeure.

Après une demi-heure de marche, nous étions en tête-à-tête, dans la plus douce et la plus intime causerie. Pauvre femme ! quel besoin elle avait d'expansion, et que je lui dois de reconnaissance pour la confiance qu'elle m'a accordée !

— Puisque votre cœur a deviné le mien, me dit-elle, puisqu'il s'intéresse à tous les êtres qui souffrent, j'ai la certitude que le récit de mes malheurs ne vous fatiguera pas, et je vais le faire sans restriction aucune, abusant cependant le moins possible des instans que vous voulez bien me consacrer.

— Ah ! ne craignez rien, lui dis-je en lui serrant la main, parlez, parlez.

Et quand je me fus assurée que personne ne viendrait troubler notre entretien, elle commença.

— Ma douleur se résume en la perte de deux êtres qui m'étaient plus chers que la vie ; les rides de mon visage accusent bien des années que je n'ai pas ; c'est que dans le malheur on vieillit doublement. J'ai trente ans accomplis.

Je fis un mouvement de surprise dont elle s'aperçut.

— N'est-ce pas que le malheur nous fait vieillir vite ?

Ma naissance fut signalée par la ruine de ma famille, de fausses spéculations, des banqueroutes, que sais-je ? une ruine totale enfin.

Mon père succomba sous le poids de son chagrin, et sa mort entraîna celle de ma mère.

Ce sont de grands malheurs, sans doute, mais j'étais si jeune que je ne me rappelle pas même les chers auteurs de mes jours.

Pauvre et orpheline, je fus recueillie par une demoiselle noble et parfaitement élevée. Les événemens de 93 ne l'avaient point entièrement ruinée, et sans la comparaison du passé, Mlle de Brainville se tût trouvée heureuse de l'aisance dans laquelle ses revenus lui permettaient de vivre.

Fière de sa naissance, comme les nobles l'étaient en ce temps-là sur tout, elle ne consentit jamais à se marier, n'ayant sans doute pas rencontré de blason digne de se joindre au sien ; elle s'en applaudit bien, lorsque plus tard je devins l'objet de toutes ses affections.

Elle me fit donner de l'éducation, de l'instruction, des talens même, ne voulant pas que je dérogeasse en rien à ma naissance.

Ai-je besoin de vous dire que je l'entourai de tout l'amour, le respect et la reconnaissance que commandait sa généreuse conduite à mon égard ?

Il semblait jusque-là que tout dût sourire à l'amour que cette seconde mère me portait. J'avais seize ans lorsqu'elle m'unit en mariage au plus digne et au meilleur des hommes. Oh ! c'était trop de félicité, et le destin devait s'en fatiguer.

Dans le monde on disait que j'avais fait un mariage de raison, parce que mon mari avait bien des années de plus que moi.

Un mariage de raison, à seize ans, lorsqu'on n'a point de famille pour forcer ou combattre nos inclinations ! Moi, je savais que j'aimais mon mari d'amour, et qu'à mes yeux il avait tout pour l'inspirer.

Une fille fut l'unique fruit de ce fortuné mariage. Je touche à l'affreux événement qui a fait le malheur de ma vie, et vous allez comprendre que je dois être inconsolable.

L'an dernier, à cette époque, cette fille, belle et pure comme la Vierge dont elle portait le nom, mourut dans l'église où nous nous sommes rencontrées : elle mourut au milieu de ses compagnes, au moment où elle venait de recevoir notre Dieu. Oh ! je ne murmure pas contre un décret aussi cruel pour mon amour ! Dieu avait ses raisons sans doute pour la rappeler si tôt à lui ; il la voulait pure, et plus tard peut-être la fougue, le torrent des passions l'entraînant dans quelques erreurs, l'auraient rendue indigne de lui.

Elle est heureuse, cette chère enfant ; mais combien ceux qui lui survivent sont à plaindre !

— Ah ! venez me voir souvent, lui dis-je dès qu'elle eut achevé son triste récit, venez, continuai-je en pressant ses deux mains dans les miennes ; combien vos malheurs vous donnent de droits à ma tendresse!... Jamais elle ne vous fera défaut; c'est bien peu, j'en conviens, pour remplacer des affections comme celles que vous pleurez, mais elle adoucira l'amertume de votre douleur; on ne rencontre pas toujours cette pure consolation.

— Je le sais, reprit-elle, et j'apprécie de toute la puissance de mon âme ce bien que vous m'offrez. Merci... Oh! merci... mais, hélas! mes douleurs...

— Ne devaient point s'arrêter là? dis-je en l'interrompant.

— Non.

— Quoi! un malheur plus grand a pu vous frapper encore?

— Oui, la perte de mon mari.

— Ah! c'est affreux!

— Dans la même année il a succombé à son chagrin, et je suis restée seule pour les pleurer tous deux.

— Et Mlle de Brainville?

— Dieu me l'a laissée; elle partage ma douleur; souvent elle s'efforce de me consoler. Mais, je le sens, il faut succomber sous le poids de pareilles infortunes; je ne tiens plus à la vie que pour ma bienfaitrice; et, après elle, Dieu dans sa justice m'appellera à lui j'espère, afin de me réunir à tout ce que j'avais de cher au monde. Vous répandez des larmes, ajouta-t-elle en appuyant sa tête sur mon épaule. Ah! oui, les âmes qui ressemblent à la vôtre ont bien à souffrir en ce monde. Vous avez voulu connaître mes chagrins, vous m'avez offert votre amitié, je l'accepte avec reconnaissance; je quitterai la vie demain avec cette consolation que je laisserai des regrets dans le cœur d'une amie, et tant qu'elle me survivra, j'en suis sûre, quelques fleurs se renouvelleront sur ma tombe.

J'étais trop émue pour lui répondre; je l'enlaçai dans mes bras, le pressai contre ma poitrine, mêlai mes pleurs à ses pleurs; là devait se terminer ce douloureux et pénible entretien.

Pauvre Delphine (elle m'a dit son nom)! je sens que je l'aime comme une sœur, comme la plus chère de mes amies. Quelque chose peut-il attacher plus que le malheur? Est-il, en effet, une plus belle mission que celle de le comprendre et de l'adoucir?

MADAME H. DE G. NELLY.

LA GRANDE DAME DE 1830.

Satisfaisons en tous points votre curiosité d'étranger, disait le comte de Surville au jeune duc d'Olburn, nouvellement arrivé à Paris. Je me suis fait votre cicerone pour vous guider dans cette Babel qu'on appelle aujourd'hui les salons de la haute société, et que vous désirez connaître. Commençons donc le cours de vos observations par la grande dame. Je vais vous présenter à Mme de Marne; son mari est ministre depuis hier, et ce soir elle reçoit pour la dernière fois dans son hôtel particulier. Il n'est pas dix heures, c'est un peu tôt pour partir déjà ; mais nous arriverons avant la foule, ce qui nous permettra de mieux voir. — Et l'équipage, emportant le duc et le comte, roulait vers la Nouvelle-Athènes. Un pêle-mêle de voitures particulières et de remise, de cabriolets et de fiacres, commençait à s'y étendre en *file*. Deux municipaux, armés de pied en cap, gardaient les abords de l'hôtel de Mme de Marne. Quatre lampions illuminaient l'extérieur. Le vestibule, paré pour la fête, était entouré d'arbres verts comme la porte d'un café, ou un terrain concédé à perpétuité au cimetière du père Lachaise. L'escalier, tourmenté dans son étroite cage, était brillamment éclairé, il est vrai, mais par l'infect gaz de houille. De chaque côté des petits battans de la petite antichambre se tenaient deux domestiques en livrée de fantaisie, faite d'hier, couleur café au lait, galonnée d'argent et à boutons portant les lettres D. M. Pour arriver à la reine du lieu, le comte et son compagnon devaient traverser deux ou trois salons qui commençaient à se remplir. Mme de Marne était assise, au fond du dernier, sur un fauteuil doré, et, comme une reine présidant sa cour, à la tête d'une ellipse de femmes couvertes de gaze, de fleurs et de diamans, elle se tenait aussi raide que possible, et ne laissait que lentement tomber de sa bouche quelques rares paroles déjà empreintes de la réserve diplomatique du ministère des affaires étrangères, où le lendemain elle allait faire son entrée. Ne promenant autour d'elle que des regards protecteurs ou dédaigneux, Mme de Marne essayait de faire de la dignité; elle se posait dans sa nouvelle qualité d'astre au firmament du pouvoir. Petite, mais parfaitement faite ; blanche, rose et jolie malgré l'irrégularité de ses traits, elle eût été une très gracieuse femme sans le ridicule de ses prétentions aux grands airs. A la vue du comte, son visage resplendit d'un indicible redoublement de satisfaction orgueilleuse, et elle cadença sa voix d'une façon nouvelle.

— Toutes les personnes présentées par vous, monsieur le comte, dit-elle en lui jetant un de ses plus aimables sourires, seront toujours bien reçues chez moi.

Puis s'assouplissant un peu :

— J'espère que monsieur le duc me fera l'honneur de venir au ministère, où je recevrai maintenant régulièrement tous les mercredis.

A peine le duc a-t-il le temps de répondre à la gracieuse invitation, qu'un flot de nouveaux survenans vient s'incliner devant Mme de Marne. Au retentissement de leurs noms bien plébéiens, elle a repris sa raideur, changé de voix, et regardé le duc d'une façon qui signifie : — Pardon, mais c'est une obligation imposée au pouvoir ; l'épidémie de l'égalité a confondu tous les rangs, il faut recevoir tout le monde.

— A quelle famille appartient Mme de Marne ? demande le duc au comte en se retirant avec lui dans un angle du salon.

— Ma foi, je le sais à peine. Les grandes dames d'aujourd'hui viennent de partout, sortent de toute greffe. Celle-ci, je crois, est fille d'un forgeron du Berry, devenu grand industriel, comme on appelle maintenant tous les rustres enrichis.

— Ce que c'est que d'être étranger, fit en rougissant la fierté allemande du duc ; je m'étais complétement trompé sur la valeur du mot *grande dame* ; je croyais qu'il fallait être de grande naissance pour être grande dame.

— C'est-à-dire que vous le preniez dans son ancienne et véritable acception. Mais tenez, la foule augmente, on étouffe ici ; c'est un véritable *raout* dans toutes ses splendeurs ; cinq cents personnes là où trois cents seraient déjà les unes sur les autres ; nous ne pouvons plus nous rapprocher de Mme de Marne, et il n'y a moyen de rien observer dans une cohue pareille. Venez, voici la porte du boudoir ouverte. Nous y serons seuls, je vais vous expliquer ce que signifie maintenant le mot grande dame.

Sachez d'abord que la vraie grande dame, celle d'autrefois, ne peut plus exister en France dans notre époque qu'on veut appeler de *fusion*, et qui n'est qu'un temps de déplorable ou grotesque confusion. Emportée par la terrible tourmente de 93, broyée sous les ruines de la vieille monarchie, elle a dû aller achever de mourir sur le sol de l'émigration, ne pouvant transmettre à ses filles que quelques uns des débris tronqués du magnifique héritage qu'elle avait reçu de ses aïeux; les autres, épars, divisés, subdivisés, sont devenus le patrimoine de la fortune, qui, seule, les dispense maintenant à ses favoris d'un jour.

Celle qui se décore aujourd'hui du titre de grande dame n'est qu'une caricature ou l'antithèse de la vraie grande dame du passé, majestueux morceau d'ensemble dont toutes les parties, parfaitement à l'unisson, étaient marquées d'un ineffaçable sceau de grandeur. Voyez les portraits de la grande dame d'autrefois : comme les traits, l'air de tête, l'attitude générale du corps s'harmonisent admirablement. et concourent, ainsi que dans les statues des grandes divinités grecques, à indiquer la supériorité native. Ce sont toutes les grâces unies à la grandeur, mais à une grandeur qui, comme la force au repos de l'Hercule Farnèse, sent qu'elle n'a besoin d'écraser personne pour se faire connaître ou apprécier. Assemblage des plus nobles élémens d'une nature choisie, polie et repolie par le temps ; brillante transfiguration d'une masse de gloire accumulée par les siècles, inscrite par cent générations sur toutes les pages de notre histoire, la grande dame d'autrefois, c'était le sang de tous ces hauts barons de France, dont, pendant dix siècles, les bannières s'étaient montrées dans toutes les batailles à côté et presqu'à l'égal de l'oriflamme. A sa naissance, elle avait prix rang à la suite d'une filiation de preux, sur un arbre généalogique tout blasonné. Elle s'appelait Crillon ou Montmorency.

Sans le secours des pompes du luxe, sous l'habit d'une femme de champs aussi bien que sous son riche costume de cour, dans tout et partout on reconnaissait la grande dame, qui respirait la fierté du sang, la beauté d'une noble race. Dépouillez celle d'aujourd'hui de la magie de sa fortune, ôtez-lui ses cachemires et ses diamans, et il n'en restera rien. En voyant cette grande dame actuelle, le vieux conte de la *Petite Cendrillon* revient en mémoire ; on est tenté de le lui appliquer. sauf la mignonne pantoufle, dans laquelle son pied ne pourrait entrer. Mais la baguette enchantée de la marraine n'est-elle pas la saisissante allégorie de la puissance de la fortune? Le potiron

9

changé en équipagé, la robe de bure en robe de lame d'or, ne sont-ils pas les prodiges par lesquels la capricieuse déesse produit la grande dame du jour ?

Le comte était un vieillard à l'esprit mordant ; c'est-à-dire qu'il était causeur et caustique. Il avait entamé le chapitre favori de ses filials souvenirs, le duc l'écoutant sans l'interrompre.

La grande dame d'aujourd'hui n'a ni traits arrêtés, ni formes exclusives, ni type particulier : elle est quelquefois jolie, rarement belle, ordinairement riche, car, dans notre siècle tout métallique, sa dot a été le plus communément le piédestal de sa grandeur. En scène, c'est une actrice pleine de raideur et jouant faux ; derrière la coulisse, ce serait souvent une charmante et gracieuse femme, si presque toujours l'orgueil, l'enivrement de la prospérité, n'empoisonnaient ses qualités natives. Produit d'un coup de bourse, d'un remaniement ministériel, d'un dissolution de la chambre des députés, d'une augmentation de la chambre des pairs, sans passé, sans lendemain, la grande dame de notre époque n'est qu'une étoile filante sur l'horizon des révolutions, une improvisation plus ou moins heureuse de la fortune, le dernier mot d'une intrigue politique. Petite bourgeoise montée sur les hautes échasses de son orgueil, de là elle croit tout dominer, et s'imagine être réellement ce qu'elle affecte de paraître, en changeant quelque peu son nom, en y glissant la particule aristocratique s'il ne sonne pas trop mal avec elle ; en le faisant suivre de celui de sa naissance ; ou bien en le supprimant tout à fait sans autorisation du garde des sceaux, pour prendre uniquement celui du village voisin de sa maison de campagne. Il faut avoir connu la grande dame d'autrefois pour comprendre l'excès du ridicule de celle qui affecte aujourd'hui de la remplacer. Tout ce que vous voyez ici en toilette, en luxe, ces petits salons dont les plafonds effleurent presque votre tête, et où s'étouffent trois cents personnes ; tous ces hommes vêtus comme pour aller à un enterrement ; ces cinq ou six domestiques dans l'antichambre, ces flacres à la porte, tout cela peut-il offrir le moindre rapport avec le cortége princier qui entourait la grande dame d'autrefois, avec les nombreux laquais, les grandes livrées, les carrosses tout armoriés, la foule titrée, pailletée, parfumée ; ces hôtels si vastes, si resplendissans de richesses héréditaires ; ces salons immenses, où se déroulaient majestueusement les flots soyeux et dorés des grands habits de cour? les proportions des habits, comme celles des hôtes et des fortunes, ont complétement changé. La richesse et la grandeur ont disparu du costume; la forme de celui de la grande dame d'autrefois n'appartenait qu'à elle, n'allait qu'à elle; l'étoffe n'en avait été tissée que pour elle. La robe de la grande dame d'aujourd'hui n'est pas d'une coupe différente de celle des autres femmes; elle peut aller à toutes les tailles; ce n'est que la grâce et le goût individuels qui sachent lui donner une certaine distinction.

Pour être juste, il faut convenir que la grande dame d'aujourd'hui a l'esprit plus cultivé que celle d'autrefois, dont l'éducation devait généralement encercler la pensée dans le frivole et spirituel parlage des grands appartemens de Versailles.° Parfois même il lui arrive de viser à la science. Mais, devenant alors ce que les Anglais appellent *a blue-stocking*, et ne voulant paraître étrangère à aucune des spéculations les plus diverses, les plus élevées, elle disserte sur tout : elle parle de physique et de politique, de géologie et de chimie, de médecine et d'astronomie avec plus d'aplomb que les Franklin et les Montesquieu, les Cuvier et les Lavoisier, les Broussais et les Arago, et de façon à en imposer quelquefois sur la valeur réelle de son érudition, si le plus souvent on ne retrouvait dans les revues ou les journaux qu'elle a lus le matin tout le bagage scientifique dont elle se décore le soir. La grande dame de la vieille monarchie voyait les beaux-arts travailler à l'embellissement de sa vie dorée, sans être à même d'apprécier leur création autrement que par le sentiment instinctif qui généralement avertit chacun de la présence du beau. Celle d'aujourd'hui ajoute au sentiment la compréhension; elle admire avec discernement; elle donne souvent une partie de son temps à la poésie, à la musique, à la peinture; quelquefois même elle aurait droit au titre d'artiste.

L'orgueil de la fortune remplace, dans une grande dame d'aujourd'hui, la fierté d'une origine illustre, apanage de la grande dame d'autrefois.

« Est-il de noble race? dans quelles circonstances ses aïeux se sont-ils distingués? » demandait-elle d'abord à qui sollicitait l'honneur de lui présenter un inconnu.

« Est-il riche? » est la première question que fait en pareil cas la grande dame d'aujourd'hui.

L'or est le seul dieu du jour, l'or fait tout passer, l'or est le diapason du mérite; la grande dame de nos jours lui doit ses plus gracieux sourires, ses attentions les plus polies. C'est à peu près par lui qu'elle est au premier rang; aussi doit-elle proportionner à la fortune de ceux qu'elle voit la considération qu'elle leur accorde.

Comme nous avons dû en juger lorsque nous sommes entrés ici, sa vanité éprouve un haut degré de satisfaction quand des noms historiques viennent orner ses salons; mais généralement, soyez-en sûr, ses plus profondes sympathies resteront toujours acquises aux millionnaires. Dans sa conversation, vous entendrez souvent revenir des chiffres; c'est un effet de la force du sang. « Il a *tant* de mille livres de rentes, des propriétés qui valent *tant*, des usines *tant*, des manufactures *tant*; c'est un homme dont le crédit est illimité, c'est une excellente maison, ce qu'il y a de mieux à voir dans Paris. » Son admiration s'attache-t-elle à un meuble nouveau, à un riche bijou, à un élégant équipage, elle ne manquera pas de compter parmi les motifs qui la justifient le haut prix de l'objet admiré. La grande dame d'autrefois ne songeait jamais à la valeur numérique de chaque chose, elle ne savait pas *calculer*; l'argent lui était étranger, elle n'en salissait pas ses mains : c'était la tâche de ses intendans d'estimer et de payer toutes les créations que le luxe n'enfantait que pour elle. Si quelques inconvéniens étaient attachés à cette insouciante ignorance de la valeur monétaire, ils étaient rachetés par d'incontestables avantages : ses libéralités enrichissaient ceux qui l'approchaient, donnaient à tous ses actes, même à ses plus folles dépenses, un caractère de grandiose qui n'a rien non plus d'analogue maintenant. Mesquine en tout, la grande dame actuelle, si elle est prodigue, ne sait qu'épuiser sa bourse sans grandeur, dans le renouvellement incessant des mille riens que le monde produit quotidiennement. Si, au contraire, un esprit d'ordre la caractérise, elle ne sait mettre, la plupart du temps, dans la tenue de sa maison, que la parcimonie de ses bourgeoises traditions de famille. Petitesse, orgueil et vanité, voilà la grande dame d'aujourd'hui; voilà l'époque. Chaque temps semble avoir la sienne, dans laquelle il se résume. Entre celle d'aujourd'hui et celle d'autrefois, la France en vit deux autres sur lesquelles je ne m'étendrai pas : l'une, celle du directoire et du consulat, rappela Aspasie et Phryné; elle en eut les grâces, la beauté, l'esprit, le cœur, les mœurs; elle fit cesser la terreur, arracha la France aux saturnales révolutionnaires, y substitua les voluptueuses et brillantes fêtes dont le Raincy fut un des théâtres, et où allèrent se préparer à leur métamorphose les Brutus de la veille, qui le lendemain devaient se réveiller courtisans d'un despote ; l'autre, dans laquelle sa devancière vint naturellement se tranformer et se fondre, fut la grande dame de l'empire, morte avec le soleil dont elle était le rayon. Celle-là aussi se montra un assemblage de contraires : mais, fille de la victoire, elle en recevait jusqu'à un certain point les fascinantes proportions ; et si parfois perçait en elle quelque chose des manières et du langage des camps, du moins son titre, l'hermine de son manteau d'altesse, étaient-ils le prix mérité de mille actions d'éclat, sur tous les champs de bataille où l'aigle impérial avait abattu son vol triomphant.

La grande dame d'aujourd'hui a plusieurs voix dans la voix, comme vous avez pu le remarquer en entendant madame de Marne. Elle en enfle ou diminue le volume selon la qualité des personnes auxquelles elle s'adresse. Dans les prétentions de son orgueil, elle est toujours à côté du ton juste, et fait l'effet d'un instrument discord. Elle manque de naturel, ou l'étouffe sous l'empesage de sa politesse maniérée, opposée de la politesse vraie, simple et de bon goût qui distinguait la grande dame d'autrefois. Rarement elle sait être familière sans tomber dans le commun. Arrogante et dédaigneuse avec ses inférieurs, presque toujours elle pèse sur eux de tout le poids de son orgueil. Ses susceptibilités sont excessives ; un rien l'alarme , et, comme le soldat en faction devant une place nouvellement conquise, sans cesse elle est sur le qui-vive ; préoccupée de la crainte qu'on ne veuille lui contester la sienne, ou qu'on ait la pensée de lui dénier sa supériorité. elle s'apprête à soutenir l'une et à défendre l'autre par un redoublement de hauteur dans le ton et de raideur dans les manières.

Avec la grande dame d'autrefois ont disparu les immenses domaines, les vastes châteaux, dont les hautes et antiques tours avaient puissance de protéger les hameaux qui en relevaient. Avec elle sont morts tous les droits seigneuriaux, conquête de ses ancêtres. prix de leur sang. fleurons de la couronne ducale. Dans ses petites maisons de campagne, bâties d'hier, et où tout est mesuré à sa petite grandeur, la grande dame du jour essaie de ressusciter la noble châtelaine. Elle se pavane prétentieusement dans l'exercice de son étroite et bourgeoise hospitalité, sorte de contre-partie de l'hospitalité princière qu'on trouvait chez la vraie grande dame. Elle veut se donner, avec le maire du village, des airs de suzeraine avec son bailli ; elle se fait rendre des honneurs par le garde-champêtre. En parlant des cultivateurs ses fermiers, quelquefois plus riches qu'elle et par conséquent plus indépendans, puisque la fortune seule maintenant donne l'indépendance, elle dit arrogamment : *Mes paysans.*

Le jour de sa fête, elle daigne quelquefois faire danser les habitans du village voisin de sa maison de campagne, devant la grille de son parc ; et, dans l'excès de sa munificence, elle ajoute à cette faveur celle d'une distribution de deux ou trois pièces de petit vin, coupé souvent à l'avance, et par précaution hygiénique sans doute, de moitié eau. Où la grande dame d'autrefois faisait sans éclat d'abondantes aumônes, celle d'aujourd'hui répand avec faste ses parcimonieuses largesses, qui n'adoucissent qu'une heure la misère de l'indigent. Mais, en revanche, et on lui doit rendre la justice de le proclamer, si dans ses charités elle est trop économe de sa bourse, du moins faut-il reconnaître qu'elle s'y montre prodigue de sa personne. Infatigable à danser pour les uns, à chanter pour les autres, on la voit dame patronesse de toutes les fêtes, bals, concerts organisés au profit des réfugiés, des pauvres, des veuves, des orphelins, que de généreuses sympathies et la pitié publique sentent le besoin de secourir. Poussant le dévoûment plus loin encore, et voilà le sublime ! à certaines époques de paroxisme pour l'indigence, afin de lui mieux venir en aide, la grande dame se fait marchande de son nom dans des bazars improvisés, oui, marchande ! et, avec le courage du Rédempteur accomplissant sa Passion, elle poursuit toutes ses connaissances, riches ou non, les force à lui payer au poids de l'or les mille bagatelles étalées devant elle, les contraint à compléter la sorte de taxe des pauvres que les âmes compatissantes doivent, dit-elle, s'imposer, et dans laquelle personnellement elle ne figure guère cependant que par de petits ouvrages, travail de ses mains : manchettes, pelottes, écrans, essuie-plumes, dont Harpagon, si elle eût été sa fille, lui aurait permis de grand cœur de faire les frais. Néanmoins, et probablement parce qu'elle se pose devant un simulacre de comptoir, au milieu d'un appartement bien chaud, bien confortable, cette grande dame se per-

suade donner au monde un édifiant exemple d'immense bienfaisance.
Qui pourrait même affirmer, car le champ du fol orgueil est auss[1]
incommensurable que les plaines de l'éther, si en ces momens elle ne
va pas jusqu'à s'imaginer faire admirer sur son front l'auréole de divine charité dont resplendissait celui de saint Vincent-de-Paul alors
qu'ayant donné son unique manteau, sa dernière obole aux pauvres,
volontairement, et pour racheter le captif de sa chaîne, il se condam-
nait aux rudes et abjects travaux des galériens?

La fibre de la foi est morte au cœur du siècle ; c'est le scepticisme
de l'école voltairienne qui l'a tuée; car, telle que le simoun, ce terrible
vent du désert, dont le souffle mortel flétrit, dessèche, anéantit tout ce
qu'il peut atteindre, cette audacieuse école n'a rien respecté, a tout
détruit. Sous le prétexte de ne vouloir que flageller l'ignorance, la
superstition, le fanatisme et l'hypocrisie, elle a étouffé dans les âmes
le sentiment religieux, source unique et pure des plus sublimes
nspirations, et ne l'a remplacé que par le doute qui torture, ou le
froid matérialisme qui tue l'homme dans sa plus divine essence.
Néanmoins, par ton, par mode, pour se donner un air de femme née,
la grande dame affecte d'observer certains commandemens de l'Église.
Elle a un livre d'heures enrichi d'agrafes d'or; sa place, réservée à
l'Assomption ou à Notre-Dame-de-Lorette. Elle est quêteuse et marraine de cloches. Dans la magnificence de sa dévote ardeur, elle donne
une Vierge de plâtre, un devant d'autel en tulle brodé, un ciboire de
maillechore à l'église du village voisin de sa maison de campagne, et
un dîner de temps à autre à M. le curé.

Généralement la grande dame se parfume, autant que possible,
d'opinions aristocratiques. Nul plus que l'ingrate ne fulmine d'ana-
thèmes contre les révolutions qui l'ont faite ce qu'elle est. Si vous avez
bien saisi la pensée de madame de Marne, quand des noms plébéiens
dont la fortune ne dorait pas l'obscurité sont venus résonner à ses
oreilles, vous aurez compris combien la nouvelle grande dame souf-
frait de la confusion des rangs, combien elle gémissait de la nécessité
où se trouve aujourd'hui le pouvoir de ne faire de ses salons qu'une
sorte de macédoine sociale.

La grande dame actuelle est à peu près aussi libre de son temps
que toutes les autres femmes ; sa vie est la même sur une échelle un

peu plus dorée. Pour elle, pas de charge de cœur, pas de tabouret, pas de jeu de la reine; mais en revanche la royauté citoyenne lui donne quelques bals qu'elle embellit de tous les attraits d'une fête de famille, en ayant soin d'y convier les cinq ou six mille notabilités de l'*Almanach du Commerce.*

Amour, galanterie, tout est mort en France. Les femmes n'y ont même pas maintenant le privilége de venir, pour les hommes, en première ligne après leurs affaires; elles ne sont plus qu'une sorte d'entr'acte à leurs plaisirs, un temps d'arrêt entre une course à cheval au bois et un souper au café de Paris. Entourée de moins de séductions que la grande dame du passé, celle qui a pris son nom est-elle plus fidèle à la foi conjugale? J'en doute fortement; mais le siècle n'a rien à lui dire, elle demeure vertueuse à sa façon, elle observe ses préceptes, elle sauve les apparences. Au surplus, le mystère dans ses intrigues, dans ses amours, est pour cette grande dame une nécessité de position, une condition d'existence. Plante apportée d'hier sur le sol, où elle se couvre de passagères fleurs, elle sent qu'elle n'aurait pas la puissance de résister au vent du scandale si elle avait l'imprudence de lui donner prise, et qu'il la briserait et la rejetterait dans le néant.

Comme le comte achevait ces derniers mots, un grand jeune homme à la longue figure pâle, et au menton couvert d'une barbe moyen-âge, parut se glisser mystérieusement dans le boudoir; mais, à la vue du comte et de son compagnon, il recula précipitamment.

— Je ne doute plus, dit le comte avec un sourire malin : oui, la grande dame a ses heures de réception à huis-clos. L'orchestre, en effet, chante ses dernières contredanses, la foule est diminuée; hâtons-nous de nous rapprocher de madame de Marne, si vous voulez saisir encore un trait de la grande dame actuelle.

— Quel est cet homme qui se balance sur lui-même au milieu de ce salon, comme un cygne dans son bassin de marbre, et qu'écoute avec une si respectueuse attention le groupe qui l'environne?

— C'est le fils d'un ancien maître d'école de village; c'était, avant 1830, un petit journaliste, répondit le comte de Surville au duc d'Olburn; c'est aujourd'hui le représentant et le défenseur des intérêts de la France dans toutes les cours de l'Europe, dans tous les pays du monde. C'est le mari de la grande dame, M. de Marne, le ministre d'hier.

MADAME STÉPHANIE DE LONGUEVILLE.

LE PETIT MOUSSE.

Le vent soufflait avec violence, le ciel, chargé de nuages, ne montrait pas une seule étoile pour guider le navigateur ; la mer houleuse allait se brisant contre les récifs de la côte, comme si elle eût espéré déplacer ces éternels obstacles de ses éternelles violences.

Malgré ces symptômes menaçants, le patron Romilly commanda que l'on mît à la mer son beau bateau de pêche le *Napoléon*. « Les tempêtes ont été si fréquentes dans les derniers mois de 1842, que, si on n'avait pris le parti de les braver, le poisson aurait manqué au marché, et le pain dans la huche du pêcheur. » C'était ce que le patron répondait à sa femme, qui, les larmes aux yeux, le suppliait de ne point s'exposer ainsi.—Mon Dieu, disait la triste Marie, c'est braver, lasser la Providence, que d'aller chercher des dangers certains. Entends-tu souffler le vent et gronder la mer? Tu succomberas ; et moi, que deviendrai-je, ainsi que mes pauvres enfans? — Je te l'ai déjà dit, il faut du poisson aujourd'hui. D'ailleurs, je n'ai pas nommé mon bateau le *Napoléon* pour qu'il reste sur la grève au moindre orage. Son étoile ne l'a pas encore abandonné, et j'espère bien qu'il ne trouvera pas son Waterloo sur les écueils de la côte. — Laisse au moins au logis notre fils aîné. — François? Quand je le voudrais, il n'y consentirait pas. C'est le meilleur mousse de tout Courseulles. Vois-tu, femme, tu ne sais pas quel brave enfant est notre fils. — Et tu as le cœur de le conduire à la mort? — Chacun son métier, répondit le patron en s'éloignant pour échapper aux sollicitations de sa femme.

Deux matelots devaient monter le *Napoléon* avec Romilly et son fils. La fille de l'un et la sœur de l'autre s'en vinrent pleurer sur la grève pour les empêcher de partir ; ces pauvres créatures furent dédaignées. on les renvoya à leurs fuseaux, et toutes deux s'agenouillèrent à côté de la femme du patron, qui priait devant l'image de Notre-Dame des Consolations pour le retour de son mari et de son fils.

Jamais, devant une table splendide, entouré de toutes les recherches du luxe et de la bonne chère, égayé par des vins généreux et de joyeux propos, on ne reporte sa pensée sur ce que ces monstres marins qu'on étale avec tant d'orgueil devant les convives ont coûté de périls et d'angoisses aux aventureux habitans des côtes de l'Océan.

Le bateau mis à flot, quatre hommes le montèrent : Romilly, ses deux matelots et son fils, âgé de douze ans. La nuit était si froide, que, quelque habitués que fussent ces gens aux intempéries des saisons, ils sentaient leurs membres engourdis. Long-temps il fut impossible de songer à la pêche, la mer étant trop mauvaise ; et le patron gouvernait toujours vers le large, afin d'éviter les écueils dont la côte est hérissée. « Heureusement, disait-il, le vent souffle de l'ouest, et si la mer est grosse, le *Napoléon* est solide. » Quand il se crut assez éloigné pour ne plus craindre d'être jeté à la côte, il dit à ses compagnons : « Relevons les filets. » Les hommes se mirent à l'ouvrage. « Eh bien ! père, cria François, qui serrait les voiles afin de maintenir le bateau au large. — Les filets sont lourds, mon enfant, la pêche est bonne, nous ne nous repentirons pas d'être sortis. »

En cet instant le vent sauta brusquement au sud-ouest et redoubla de violence ; les filets sont abandonnés pour courir au secours du bâtiment. Le père Romilly se précipite à la barre, les matelots ferment les panneaux ; François grimpe au mât, prêt à exécuter les ordres qu'il prévoit. Tous s'apprêtent à tenir tête à cette terrible bourrasque. Efforts impuissans, un coup de mer jette le bâtiment sur le côté, et la lame furieuse, balayant le pont, emporte le patron et les deux matelots.

François reste seul accroché à la mâture. Le navire est incliné, ses agrès touchent les vagues ; la nuit est tellement obscure, que l'on ne distingue rien à quatre pas. Cependant le brave mousse ne perd pas courage : son père, ses amis sont à la mer, il songe à les sauver. Il saisit deux cordes, qu'il attache solidement aux manœuvres ; il passe le bout de l'une dans sa ceinture, et tenant l'autre dans sa main droite, prêt à la donner à celui des naufragés qu'il pourra joindre, il crie : « Père, où êtes-vous ? car il ne pouvait le voir. — Courage, enfant, tiens-toi bien ; ne quitte pas le mât, » répond le père, qui se débat au milieu des vagues en furie. Mais ce n'est point sa vie, à lui, que François cherche à conserver, c'est celle de son père d'abord, et des autres naufragés ensuite. Malgré la nuit qui ne lui permet de rien distinguer, il s'élance à la mer ; guidé par la voix du patron, il parvient à le rejoindre, lui fait prendre la corde qu'il tient à la main droite, et tous deux s'aident mutuellement, s'efforçant à remonter sur le pont de leur navire à moitié couché dans les flots ; deux fois la vague les en éloigne ; mais enfin le ciel protége leurs efforts, ils sont sur le pont : le patron rend grâces à Dieu ; François n'unit pas sa voix à celle de son père ; sa tâche, à lui, n'était pas entièrement accomplie : des deux matelots, l'un avait disparu, l'autre nageait le long du bord, appelant du secours ; il fallait une oreille bien attentive et bien exercée pour distinguer une voix humaine à travers les rugissemens de la tempête qui va toujours grandissant. François entend les cris de détresse de son compagnon : il va se jeter de nouveau à la mer pour le secourir, lorsque la Providence, touchée de son généreux dévoûment, permet qu'un second coup de mer relève le bâtiment, et la vague porte sur le pont le matelot miraculeusement sauvé.

Tous trois réunis, les braves marins s'embrassent en rendant grâce à Dieu de leur délivrance. Ils donnèrent aussi des regrets à leur compagnon submergé. « Il était vieux, dit le matelot, il n'aura pu lutter contre la lame. — La vigueur ne suffit pas toujours pour se tirer de là ; je n'en manque pas, Dieu merci, et sans mon garçon, je ne sais trop ce qui allait m'arriver. » François, plus heureux de ce mot de son père qu'il ne l'eût été du don d'une couronne, saute au cou de Romilly et l'embrasse avec transport.

Cette joie devait être de courte durée ; un péril plus terrible que celui auquel il vient d'échaper menace le *Napoléon*. Une chandelle allumée, laissée imprudemment dans la chambre du navire, a été renversée par la bourrasque ; elle a mis le feu aux paillasses de l'équipage, et déjà les flammes gagnent les écoutilles. D'un côté l'incendie, de l'autre la mer toujours en furie. Le matelot et le patron restent atterrés, ils désespèrent de leur salut ; l'enfant conserve seul sa présence d'esprit. « A la barre, père ! gouvernez sur la lame. » Le patron obéit machinalement, il ne sait ce que son fils va faire ; pour lui, il n'a ni idée ni volonté Le brave François songe à combattre ses ennemis l'un par l'autre. Il va aux panneaux, qu'il ouvre bien vite ; une vague énorme se précipite sur le pont du navire, et s'engouffrant dans la chambre y éteint l'incendie. François referme aussitôt les panneaux ; un tel auxiliaire aurait pu devenir dangereux et submerger le frêle bâtiment qu'il venait de sauver.

Le lendemain de cette nuit d'orage, le bateau pêcheur entrait au port de Cherbourg ; un peu plus tard, le bonhomme Romilly présentait son fils sur le port, et le proclamait avec orgueil son sauveur. Le peuple et les matelots se pressaient autour d'eux pour mieux entendre le récit. Tous voulaient voir le brave enfant dont le courage et le sang-froid au milieu des périls leur semblaient surnaturels. Les officiers de la marine royale venaient aussi serrer la main de François ; ils lui prédisaient qu'il serait un jour des leurs, et placerait son nom à côté des noms glorieux de Jean Bart et de Duguay-Trouin.

LE SOLDAT BIENFAISANT. [1]

L'amour du prochain, ce noble sentiment qui distingue l'homme de la brute, nous a été donné à tous, mais beaucoup d'entre nous le laissent obscurcir par l'égoïsme ; la fortune, qui nous permet de ne songer qu'à nos plaisirs, la pauvreté, qui nous force à nous occuper sans cesse de nos besoins, aident également à détourner notre attention des peines et des souffrances de nos frères. Il y a cependant des hommes qui restent bons et généreux dans toutes les circonstances de la vie, et ceux-là doivent être aimés et vénérés de tous, car ils sont bénis de Dieu.

Un soldat d'infanterie nommé Ambroise possédait au plus haut degré cette ardente charité que rien ne détourne de son but. Hors d'état de soulager les pauvres de sa bourse, car il ne possédait que sa modique paye, cinq sous par jour, sur lesquels la caisse du régiment fait des retenues pour plus de moitié, Ambroise va s'offrant à tous ses camarades pour remplir leurs corvées, et le léger salaire qu'il en reçoit est tout entier consacré à des aumônes : souvent une pièce de vingt sous ainsi amassée avec labeur lui avait été d'un grand secours pour venir en aide à une pauvre femme malade, ou donner du pain à un vieillard infirme, que ses proches délaissaient. Ambroise était bon soldat, mais il n'aimait pas sa profession ; il avait au village

(1) Le régiment de ce soldat était en garnison à Metz.

une mère et une sœur chéries; quoique sans état, il pouvait, en se louant pour travailler à la terre, gagner plus qu'il ne gagnait au régiment, et alors donner davantage aux pauvres, car Ambroise ne connaissait pas d'autre emploi à faire de son argent. Un jour qu'il se promenait dans les rues de Metz, calculant qu'il ne lui restait plus que trois mois à rester sous les drapeaux, il est abordé par un petit garçon de sept à huit ans qui lui demande la charité. — Pauvre petit, est-ce pour ta mère que tu mendies? — Non, mon bon monsieur; je suis seul. — Orphelin? — Je ne sais pas, j'ai été nourri à la campagne; j'y étais bien; mais voilà trois jours que maman Babet m'a amené à la ville et m'y a perdu. Le premier jour, j'ai pleuré en cherchant à trouver mon chemin pour m'en retourner, et je n'ai rien mangé du tout. La nuit, j'ai dormi au frais sur les marches de l'église. Hier, j'ai demandé à manger à un grand monsieur, qui m'a donné un morceau de pain en me disant de n'y plus revenir. Voilà pourquoi je vous demande, à vous, aujourd'hui, mon bon monsieur, car j'ai bien faim; mais si cela vous fâche aussi de me donner, j'irai à un autre demain. » Le bon soldat sentit ses yeux se mouiller de larmes; une simple aumône ne pouvait suffire, il fallait sauver cet enfant des dangers de l'abandon et de la misère, assurer son avenir, lui rendre une famille. Mais comment s'y prendre? soldat aujourd'hui, demain pauvre journalier, Ambroise n'a à partager qu'un morceau de pain gagné à la sueur de son front. Beaucoup à sa place auraient vu dans cette pauvreté une raison suffisante pour passer leur chemin en disant : « Le sort de cet enfant m'intéresse, je suis bien fâché de ne pouvoir rien faire pour lui. » Mais tel n'était pas le généreux Ambroise. Un malheureux placé sur son chemin portait avec lui l'ordre de la Providence pour le secourir, et cet ordre, Ambroise l'exécutait comme une consigne militaire, sans délibérer si la chose était possible ou non.

Ambroise prit donc l'enfant par la main et le conduisit à la caserne. « Là, disait-il, il aura toujours un abri; quant à la nourriture, je lui donnerai la moitié de mes rations. » Quoique bien habitué aux actes de charité du brave soldat, ses camarades ne purent s'empêcher de se récrier quand ils lui virent amener avec lui un petit garçon de sept ans, qu'il prétendait adopter. Les officiers ne permirent pas que cette nouvelle recrue habitât la caserne; il n'y aurait plus eu de raison pour que chaque fantassin n'amenât pas avec lui ses propres enfans , et l'ordre devenait impossible ; sans compter que les célibataires auraient supporté fort impatiemment toute cette marmaille, et que des querelles s'en seraient suivies Ambroise ne pouvant garder le petit Jacques, auquel ses camarades avaient donné tout de suite le surnom de *Trouvaille*, offrit à la cantinière de le prendre chez elle. — Qui payera la pension? demanda cette femme, habituée à faire commerce de tout. — Je vous donnerai ma paie et tout ce que je pourrai de mes rations , répondit Ambroise — Ce n'est pas de quoi rouler carrosse , répondit la cantinière; ajoute à cela , mon garçon , que dans trois mois ton temps finit, et que, si le régiment quitte Metz, je ne compte pas le suivre; tu vois bien que l'affaire est impossible.

La seconde cantinière se serait bien chargée de *Trouvaille* mais cette femme, bonne au fond, n'avait aucun principe de morale ni de religion. Ce fut le soldat qui à son tour refusa de lui confier l'enfant.

Ambroise ne voulait pas seulement donner à son fils adoptif la vie du corps, il voulait aussi lui assurer celle de l'âme. Voyant combien son cher *Trouvaille* serait exposé à croupir dans l'ignorance et le désordre à la suite d'un régiment, il se décida à lui chercher une meilleure protection que celle qu'il pouvait lui accorder. Il conduisit d'abord l'enfant chez les frères de Saint-Vincent de Paul. Ceux-ci se sentirent émus en écoutant le récit du soldat; ils promirent de donner à l'enfant des soins, une bonne instruction religieuse. Mais, au bout de quelques jours, ils s'aperçurent avec chagrin que l'enfant, mal élevé, ne pouvait, sans danger pour les autres élèves, rester parmi eux ; il fallut bien rendre Jacques au soldat. Ce dernier, affligé, mais non découragé, se rendit à l'école communale. Là, il essuya un dur refus. Il n'y avait pas moyen de se charger d'un enfant pour autre chose que la journée seulement. Quelqu'un dit au pauvre soldat de conduire le petit à l'hospice des enfans abandonnés. La philanthropie la plus éclairée avait présidé à la fondation de cet établissement, et *Trouvaille* devait y rencontrer tout ce que son ami rêvait pour lui. Ambroise court à l'hospice; nouveau refus : la maison ne s'ouvre pas à des orphelins aussi âgés. Jacques a été trouvé en état de vagabondage, il faut le conduire chez le juge, qui le renverra au tribunal, lequel le condamnera à être enfermé dans une maison de correction jusqu'au temps où il sera en âge de gagner sa vie.

Ambroise sait que les prisons sont des écoles de vice, et emmène bien vite son protégé. « Non, non, dit-il ; puisque Dieu t'a mis sur mon chemin, je saurai te défendre de la corruption ainsi que je t'ai sauvé de la faim. Quant au moyen d'y parvenir, je finirai, bien par le trouver. »

En effet, Ambroise, en réfléchissant à ce qui lui restait à faire, se convainquit de deux choses : la première, qu'il ne devait compter que sur lui-même pour assurer le sort de l'enfant abandonné ; la seconde, que sa paie et ses rations n'étaient pas suffisantes pour subvenir à l'entretien du petit garçon. Il fallait donc se procurer de l'argent ; un seul moyen s'offrait à lui, son temps de service allait expirer, c'était de se vendre comme remplaçant. Ambroise n'avait, nous l'avons déjà dit, aucun goût pour l'état militaire ; il se faisait une grande joie de revoir son village et sa famille : n'importe, il n'hésite pas. Un homme de sa ville, qui s'est fait une industrie de fournir des remplaçants pour le service militaire, lui trouve de suite un acquéreur. Ambroise touche le prix convenu, retourne chez les frères. « Si je vous donnais mille francs, dit-il, consentiriez-vous à vous chárger du petit et à l'élever pendant dix ans ? » Les bons frères ne pouvaient pas absolument admettre un enfant dans leur communauté ; mais ce trait de charité les toucha tellement, qu'ils se chargèrent de trouver une brave femme qui, pour cette somme, consentit à prendre Jacques et à le soigner durant tout le temps qu'il ne passerait pas à l'école. De la sorte, Ambroise fut rassuré sur le sort à venir de son fils adoptif. Il recevrait une solide instruction religieuse, et contracterait, en la compagnie des bons frères, des habitudes de régularité et de travail qui seraient des garanties de sa bonne conduite à venir. A la vérité, lui Ambroise, resterait encore huit ans soldat ; mais il était presque réconcilié avec sa condition depuis qu'elle lui avait permis d'accomplir cette bonne œuvre.

L'ABBÉ DE L'ÉPÉE.

L'abbé de l'Épée fut un de ces bienfaiteurs de l'humanité qui se présentent à la reconnaissance des peuples le front couronné de la double auréole des vertus et du génie. Il fallait unir, en effet, aux plus saintes inspirations d'un noble cœur, à la plus ardente charité de l'apôtre chrétien, toute la persévérante sagacité, toutes les ressources d'une haute et grande intelligence, pour accomplir l'œuvre merveilleuse qu'il a faite. L'abbé de l'Épée a réussi à compléter un être qu'une erreur de la nature avait laissé imparfait. Avant lui, le sourd-muet était pour la multitude un objet de mépris et de dégoût autant que de pitié ; on le confondait avec les brutes ; sa famille elle-même le dérobait aux yeux étrangers comme une plaie honteuse, et, dans certaines provinces, on le croyait frappé des malédictions du ciel. Il a été donné à un homme de réhabiliter cet infortuné, de lui ouvrir un monde d'où il était proscrit, de le faire participer à la vie morale et intellectuelle de tous ; et l'abbé de l'Épée fut cet homme, ce second créateur, que les sourds-muets, dans leur reconnaissance, appellent leur *père spirituel*. Qui donc mérite plus que lui une place dans ce livre, qui a pour titre *les Anges de la terre ?*

Charles-Michel de l'Épée naquit à Versailles le 15 novembre 1712. Son père, architecte du roi, jouissait d'une honnête aisance. C'était un homme simple, de mœurs irréprochables, d'une probité sévère, instruit et plein de piété. Le jeune Charles trouva donc, dès son entrée dans la vie et au sein de la famille, des exemples de vertus qui, plus tard, devaient jeter tant d'éclat en lui. Son père le destinait à la carrière des sciences, et ce fut d'abord de ce côté qu'il tourna ses études. Ses progrès y furent rapides ; mais, parvenu à l'âge de dix-sept ans, il se sentit appelé au ministère des autels. Après avoir obtenu, non sans peine, le consentement de son père, il se livra avec ardeur à l'étude de la théologie. Toutefois le but vers lequel il tendait de tous ses vœux ne put alors être atteint. Des contrariétés l'arrêtèrent dès les premiers pas. Le jeune de l'Épée unissait à beaucoup de douceur une remarquable fermeté de caractère et une grande indépendance de principes, et, au moment où il allait recevoir l'initiation au sacerdoce, il refusa de signer un formulaire qui blessait ses

www.ingramcontent.com/pod-product-compliance
Lightning Source LLC
Chambersburg PA
CBHW060816250626
47162CB00005B/1820